U0689273

作者介绍

◎梁晓明　中国先锋诗歌代表诗人。1994年获"《人民文学》建国四十五周年诗歌奖"。1985年起作品陆续被翻译介绍到日、德、美、英、韩、土耳其和蒙古国等国家与我国台湾地区。2003年主持拍摄大型电视诗歌专题片《中国先锋诗歌》五十集。2009年至今,先后出席德国上海领事馆举办的梁晓明和汉斯·布赫——一次中德诗歌对话、东京首届中日诗歌研讨会等。

印迹

梁晓明组诗与长诗

梁晓明 著

浙江出版联合集团

浙江文艺出版社

前言

今年对于我似乎是一个总结的年份，先是上海古籍出版社签约出版我的古诗译写集《忆长安——梁晓明诗译唐诗五十首》，然后是中国青年出版社马上要出我的一个单篇诗歌集《用小号把冬天全身吹亮》，现在是这本《印迹——梁晓明组诗与长诗》。这样一来，我的大部分诗歌作品就算基本都出版了。就像结束与开端，这样三本书一出，对于我也就像是一个结束，也是对三十多年来诗歌写作与思考的一个总结。

　　写诗三十多年，也就这点作品，实在不算多，但是我一直坚持最好的诗歌写作一定是可遇不可求的理念，所以虽然不多，但自觉也还算满意。

　　接下来，就是为中年到老年阶段的诗歌写作做一个计划：希望能在去世前，还能完成一个本来就一直在规划的我的中年写作目标"三吏三别"中剩下的"二吏三别"，以及桀骜不驯的另一本诗集《不一样》。

　　希望老天佑我。

梁晓明

2017 年 6 月 8 日于杭州

目 录

组诗与长诗

散篇
八首

小文九篇

附录

组诗与长诗

关于存在

1

我们都在阳光下生活
这是一件很难的事情

从小到大我们的经历被编成一首首动听的歌
水一样流过少年的心

我们唱着前人的鲜血编成的歌
在我们走动的每一块泥土下
都有我们祖先的身体

我们生下来就属于一个历史的片段
这个片段不会因为我们的微笑
而变得明朗
我们的辛酸也不会使枯叶不被风吹下

一年一度风从北方来

新的枯叶盖住了旧的枯叶

属于我们的日子今后越来越少
我们不可能理解整个世界
世界上永恒的只有时间

2

我们都在阳光下生活
这不再是一件简单的事情

我们很早就领受了被关在门外的感觉
谁也不知道我们的存在意味着什么
虽然我们年年开花
但没有人认为我们是花朵

我们是没有家的
所有属于我们的笑容都要靠我们自己去制造
我们在制造自己的床

为了度过黑夜
我们在制造灯

我们的面前是没有什么现成的路的

我们从小就明白了季节
不会因为我们而提早到来

只要是冬天，就会下雪
只要是春天，雪，就会消散

所有的门都是关闭的
如果没有手去推
就永远关闭

所以我们很早就理解了流血
我们既然是太阳的孩子
我们就逃脱不了要和黑夜作斗争

为了表示我们也能微笑
我们常常以哭当笑

3

我们出生以前世界就存在了
所以我们的出生就意味着矛盾

我们从来没有想到我们自己
就是矛盾的原因

我们要理想只能踩在泥土上面

我们要征服别人
首先要征服自己

现在我像踩草一样
我一次又一次把自己踩入地底
我读了很多书
为了生活

孤独的时候我就想想宝塔
寂寞的时候我只能想想阳光

我这样站着就理解了一切
真像是一块石头

如果最后我倒下了最好
我也能成为一本书
让我的孩子们读读我

这样一个愿望
就像早晨阳光从窗口照进来
使我不得不起来
开始工作

作于 1985 年

告
别
地
球

冬天

飞雪在树枝上越积越多，我跨出围栏
我跨出夏天和秋天在广场推崇的高耸旗杆

裹紧大衣时我感觉饥饿
我的饥饿鸟一样向四处飞开

冬天像饭一样使我的鸟儿不见踪影
我只是一个零件，被日子这架机器
反复震动

跌落的时刻是一声叹息
我一直带着叹息长大

天空是一声大叹息
我是小叹息

长在一棵树上歌唱过月亮
那静静的月亮是一个故乡

世界上我的脚印草一样乱长
世界上没有属于我的门槛

月亮，我只有一把开你的钥匙

大海

那在肋骨与胸腔里每天工作的，是大海
滋养着水草与深深的峡谷
城市在眼睛里以一只喇叭的形象出现
杂音是扫帚演奏出来的
彷徨是街道制造出来的
孤独的月亮和孤独的窗帘在暗示
爱情是属于蚂蚁的
我右嘴角一直苦笑到希腊
这个我不认识的国家
曾经秧苗一样暗示我生长

太阳——贪婪是太阳

太阳每天摸我的头发，月亮每夜制作梦想

我敲锣打鼓欢迎飞翔，仔细观察老鹰的翅膀

我学习水的源远流长

眼睛很小向往岩石

蝴蝶自己折磨自己，写出美丽的诗

终于碰到沙漠，偶尔有雨滋润

但落下就消亡

我画蜻蜓在墙上，画波浪在车站里

我写作白纸的愿望

微笑像钱一样四海流通

孩子们都像歌声一样

终于碰到沙漠，美景是一时的欺骗

我们匆匆忙忙地奔向美景，太阳在天上冷笑

一辈子深深的沟谷，堆满了烂泥、破碗、

断树枝

波光永远在皮肤上闪烁

夏天，皮肤就开始变黑

时间一到，我们就都像钢笔水一样

政治与艺术

让我用图章盖上我的名字

盖上我的歌声和鞋子

让我亲吻它的鼻子

蒙住它的眼睛拉下它的裤子

让我和它隔着河赛跑

让我们背着岩石赛跑

让我把大海灌进它的肚子

洗它的肠胃再擦亮它的眼睛

让我给它戴上一顶太阳的草帽

让它去赶牛，割麦和站在田埂上

小腿有蚂蟥叮咬着

嘴里在喝汽水

让我和它变成兄弟，我每晚上带着它

去见识弄堂

在一把吉他的摇摆中，我和它翩翩跳起舞

两枝摇曳又摇曳的凤仙草，高高的

和云彩一起流浪，和鸭子一起歌唱胃口

水——水里的死亡

死亡。终于来到我眉毛上

它向我的鼻梁漫延

山坡与山坡对歌的日子，回音像老酒一样

我皮肤上每一根麦草都抖动阳光

终于这首诗写到尾声，房屋的尾檐上

有一只风铃

我认识的姑娘们都离开了风铃

把自己像一件衬衣晾出去，做蛹的日子

这些自己研究自己脸的日子

秋天一样在大地上枯黄了

以后是着火的日子，燃烧纸张的日子

像一只

深山茅草中跳起来的虎，张开蛇的牙齿逼近

感觉上我的皮肤、肝、肾、肠、肺、胆，

结冰的日子

月亮

把自己缩小起来，缩小到一条河里

我离开家，带着我的脑袋去访问葵花

它始终向往太阳的脾气

我血液中有一种它的节拍

把阳光聚拢到手指甲上

我带着它出外去寻找篱笆

我把我圈在笑声中间，和笑声一起头枕着菠萝

把家搬到葫芦的门槛上

我躺在一只南瓜的心里，仔细倾听

芹菜在冬天里诉说梦想

人

空气与空气相互凝望时，树叶在背后悄悄生长

孩子与火烧云相互怀疑时，夏天不穿一点衣裳

星星在后院里排着队出发

音乐培养音乐家生长

天空是一面旗帜飘扬在沉静的眼睛里时

碗里都是忧伤

风像时间一样，只要你抬头

泥土就是花朵的营养

哭

瓦片与深井组成我的房子

跳跃的马群曾拉开我的心事

围墙围到我脚背上生长起青苔

瓶子里装满我的叹息

城市里连汽车都是爱情

广场上连喷泉都是信心

白纸上云彩在种植花朵

眼睛在太阳上生长出旗帜

岁月楼梯一样往下去的日子

手掌只能与空气交谈

窗外的音乐交换着黑夜

只能把咖啡泼到散文上

舌头和石头一模一样

只能把朋友想象成壁画

把壁画想象成起伏的波浪

想象波浪在家院里歌唱

梦想

我打开油菜花的窗口，我抚摸围墙的后背

我怀着栅栏的心情哼起一只飞鸟的歌

一支波浪推波浪向前进的歌

我躺进宝塔的心里，臂膀上长满番薯叶子

松树站在我肋骨上歌唱阴天跳舞的雨水

屎壳郎钻进我腋窝

躺在我腋毛上梦想他的女屎壳郎

我跟在闹钟背后，剥开泥土的肚子去工作

我和瓦片一起接受露水

我与水稻一起长到大地上来

我怀抱着启明星，嘴唇亲吻黎明

我坐着云彩的飞机降落到历史的最高山巅

为能看见更远的烟囱、壁画、阡陌、绿色涌动

一块远伸的挂毯

我树叶一样全身微笑起来

歌

我甘蔗一样担心到昨天，我一直坐在栏杆上担心

我月晕一样担心月亮，我下雨一样担心明天

我下大雪一样跳舞在冬天

我吃饭一样遐想在窗前

我晒太阳一般享受在书页里

我听音乐一样叹息在诗歌里

洗衣服一样我发愁我的生活

抽烟一样我享受我的幻想

节日骑自行车一样按按铃就逃走了

放鞭炮一样笑声永远喘着短气

最好带个琴声一样的姑娘去夏天看别人钓鱼

最好钓一条天空的小鱼

告诉太阳要用燕子一样的心情爱我

要用夏天的心情关心我穿过的每一双鞋子

骑过的马、拖拉机、我内心的广场

落叶和飘飞在宗教上的旗帜，眼睛的云朵能自由来往

英雄

只有歌声向歌声表示向往

波浪就等于手掌一样

只有海洋向海洋演奏天空，桅杆

便竖起衣领希望

让光芒都流到栏杆的背上

让地球像一张太阳的嘴巴

当雄心被寂寞的外衣引诱

在大脑激荡起锣鼓的家乡，当大鹏又一次

飞过我的头发，麻雀像我穿破的短裤

看自己像看一棵路边的梧桐

叶子是一张时间的笑脸

蚯蚓

在地底下运动

它和泥土

相亲相爱

春天蝴蝶又穿上花衣裳

还乡

沉默

徽章被麻雀的羽毛覆盖

光辉像一块块撞碎的木船板

挺立海边的悬崖，老鹰曾一次次屈服于秋天

所有风暴都酿成烈酒，滋养眼睛

滋养人一次次翻越石块

耕殖泥土

种出棉花、诗歌，和烟囱

当女人像歌声围绕你的肩膀

趴在你的耳朵上诉说菜园

郊外阳光轮船一样行走

在草地上激起笑声的饭香

回到大地上来

把手掌种植在芭蕉树下

把眉毛安到明天的脸上

但愿天气像照片一样

我靠着城市的肩膀

我靠着一片葡萄的阳台，在空气里遐想……

尾声——死，是一缕烟

我的鞋自由来往以后，就破了

和猎枪一起做狩猎的梦，和狗熊斗争

做欢迎的梦

所有的帽子都是我的帽子，所有的鸟

都是我的眼睛

风这只口琴曾吹奏我的头发，以后又去吹

别人的头发

日子在眼皮上一碰就过去了，只要是太阳

大地就没有家乡

开始醉酒，我举起手掌拍击天空

我踮起脚尖指点森林

星星绘制我国家的版图，在许多刀枪中

我的刀枪一直在微笑

我一直和好诗握手

和草坪相亲相爱，耳朵一生回避大街

我最喜欢穿太阳这双鞋

最后的钟声终于翻开了我的瓦片

我身体的各个房间都开始冰冷

在这座城市的围墙上我仙鹤站着，独立光明的心

地上天下的时间一样，无家

可归

作于 1986 年

歌唱米罗

他故意把自己关进画室
终日与音乐和星星为伴。
———《霍安·米罗传》

1

攀上山坡，阁楼上我童年的蜡梅开始微笑
大雪从史书中飘下来
太阳翻开大海这张皮肤，太阳踮着脚
在松针与桉树叶上跳舞、握手
露珠在玻璃的早晨唱歌
公共汽车把许多梦想的盖子打开

包子弥漫出香气的时刻
香蕉朝大街开始遐想

我看见米罗跳出我的眼睛，他向往墙壁

那些裂开的缝隙表示他的生活

他从我手掌的栏杆上跳下

他奔向广场，他最后的家

他可以安放画具与日子

可以让风悄悄越过旗杆，收集白云

抽屉里分别贴上标签，安上乌贼鱼

鲸鱼，蝉与口琴

几千年前他是一粒大麦的胚胎

现在我庭院里也生长大麦

我阳台上花盆种植大麦，还有小麦

米罗，现在椅子开始歌唱

窗帘欢迎你

现在米罗，房屋开始为你演奏

烟囱吹响黑管，我吹大号

英国管萨克斯管与钢轨激动

现在

米罗

全世界是一杯清凉的开水

历史是唇边微苦的咖啡

米罗，现在我是一顶绒帽

从一个车厢到另一个车厢地
我寻找能够出气的鼻子，能够吃饭的碗
枕头和一口能使我深深弯下腰去
照脸的古井

2

我长满藤蔓的城堡现在大门敞开
我生锈的锁又开放出葵花

我不再微笑的钥匙是我看见乌云与垃圾后
我把它丢到一块白云上面

我希望所有钥匙像白云一样自由，直到今天
那白云还在飘浮

无家可归的心情像一杯茶，我昨天在喝
今天还在喝

日子在眼皮上一碰就过去了
直到看见你，一个西班牙人
四十年游泳在颜色里，没有上过岸

直到看见霍安·米罗，我所有的植物

都抬起头来，桃子也开始生长
风又像一只口琴，节奏愉快地
歌唱起帽子来

所有的帽子都是我的帽子，我眼睛鸟一样
开始飞翔

3

整整四十年，只有他的画具知道他的家
他的色彩安慰他的手，他植物的梦想
只能在墙壁上伸枝长叶，整整四十年
只能在后院里制造番茄
他只能在沙发上安排鲨鱼，在桌子上放走猴子
整整四十年，在牛奶里种植星星
在星星上种植鞋子，在鞋子里安排城市

在泪水里骑马画下菠萝
在枕巾上画下叹息的贝壳，唱歌的牛排
跳舞的青菜，整整四十年
把脑袋安排在自己画下的纸牌里
画布上，从人类的背后观察雨季

点上蜡烛，用椰子的心情看窗口飞进来蚊子

绕着他的画稿飞舞，降落，又飞开

整整四十年，地球的眼睛像低飞的麻雀
浪费的自来水，哗哗地流淌
没有一滴越过池子

溅进他的门槛

4

只有波浪的拍击拍击他的画
两只瓶子相撞撞出他的画，他不存在树上
也不在墙上向人类微笑
只有风偷偷溜过广场时
栏杆上跳舞他的画

你我之间不存在海洋
悬崖的额头刻满刀伤，那刀伤向天空站立时
云彩飘荡他的画，秧苗生长他的呼吸
郊外那一片孤独的草地
那枇杷开放的心，爱情嘴唇的花朵盛开时
舌头向堤岸
倾诉他的画

爱情的萤火虫飞翔的不是他，他是玻璃的清晨
向太阳的前庭里种下的大麦
是大海奔跑着马群
朝人类扬起他泉水的马蹄
是葡萄的小号向走廊吹响，沿着雨的阶梯

我走进夜晚
月亮的手指离开了梅花
窗子向瓜地
打开他灯光最后的温柔与芳香

让大雪降下沉重的画，他无所谓他的灯盏熄灭

生活的砖头上满是青苔，待到人类走到江边
无家可归他的画，在沙漠上跳舞又跳舞
吸引几片绿叶重新生长，诱惑几只鸟
叼着稻种寻找歌声
四处四处展开翅膀

5

我许多眼睛的想法聚集在你的眼皮上
星星绘制你国家的版图，波浪描写你休息的床单

在许多刀枪中我的刀枪一直在微笑

柳梢飞舞的蜻蜓是一首好诗

我一直与好诗握手

与草坪相亲相爱，耳朵一生回避大街

我最喜欢穿太阳这双鞋

听音乐我喜欢下一点雪

读书如果读到天山

今天与我便是两朵雪莲

6

摸你头发，我是摸太阳的头发

鼻梁高挺在我的诗里

瘦肩膀表示一片绿叶的消息

高山上我倾听你波浪的节奏

弄堂里我翘望灯光的位置

我右手是星光抚养长大的

夜晚我重视白纸的质量

我看你的嘴唇就是看一个国家

7

桥在茄子的背脊上搭向对岸，天空在
柿子的皮肤上展开

我喜欢他泥土向两边翻开
我喜欢有种子在背后撒下来

宇宙这只小瓶，他曾把金鱼放进去喂养
现在瓶子已破，金鱼已死，他早已饱经沧桑
再造一片天空，在帽子上开拓荒地
让歌声绿叶一样从手指上飘起来
他早已饱经沧桑

开始醉酒，我举起手掌拍击天空
我跷起脚尖指点森林
棉被盖着我玻璃的梦想，床帮上刻画着
无数条桅船，主杆上飘荡太阳的名字

我也被太阳的目光追赶，于是我转向你
这片头发上的海滩，飞跃与鱼
扭弯脖子的葫芦与歌声

安置梦想的港湾

船

我轻轻把故乡这座小城拆开

一块一块贴到月亮的脸上，以后

米罗

你的脸就是我唯一的家乡

作于 1988 年

敲门
（5首）

敲门

我拿着一只六三年的皮鞋，我敲他的门

我把一场大雨储藏在手掌上

转过有鸡窝的墙角

他的自行车停在路中央

半夜的月光像一只一只眼睛

一片一片地滑进门口的破脸盆

破脸盆在昨天当当地敲响

一个右派头发苍白

在破脸盆当当的夜色中

从一竹竿高的土坡上

滑进了大江

像半夜的月光，一只一只眼睛

滑进了门口盆底洞穿的破脸盆

像一堆陈旧的柴火，这样一个人

穿过半夜的走廊和门洞

手拿着一只六三年的皮鞋，最后把疑问

插在我的锁眼上

逃避

这些油灯从粗糙的黄纸上点亮

同时他说出一道官道

他从我两只眼睛中间推开一扇黑旧的窗子

他的手下出现一片湖水

脸上的皱纹变成一座凉亭

他无言的时候，酒杯在桌上开放一枝梅花

他又开始倒酒，他从我嘴巴里

走进又走出

他有时用一只公鸡的斜眼

讥笑我墙上的龙泉宝剑

他说：天不能亮

因为这城市禁止养鸡，没有报晓的公鸡

他坐在木凳子上说：

天亮就等于天黑

握手

没有手可以握，他说
因为墙壁已经老化
文物都在变成金钱
偷鸡的手都在数钱，他越走越远

他离开城市
也不买车票
公路铁路不经过的地方
他经过。他告诉我
他口袋里有一面镜子
照出来的风景都是芦苇
现在芦苇越来越稀，再照是野鸡
在孤寂的沙滩枕着月亮睡眠

没有手可以握。他两手插在袖筒里
头上戴一顶笠帽
他劝我一起离开大道
烟囱，和斑马线
没有手的日子比没有酒更加难受
路就是脚。现在，路是路
脚是脚

他越走越急

握不到一只手，镜子就要消失
只剩下一只野鸭
头枕着月光睡觉

寺院

最后一步在门槛上留住。他回头望
昨晚他用天蓝色窗帘
赶走了屋内所有的空气
在一面铜鼓上刻下燕子
从衣服口袋抽出鞋子

这个人的传说从此消失

他那天带着阴晴不定的眼睛来看我
嘴角像笑
又像是在歌唱
我转过墙角时请他坐下
他盘膝而坐
他说：日子里的任何动作
要带着脚，都带着脚
说完他就从门槛上消失

后山上有块大石头
形态特别像鹅
后来我去看过
石头原来是一只鸟

烧信

后来，我和烟雾一起升起来
诗歌越来越小，天空越来越远
回忆被河流冲走

傍晚时分
我把来自四方的信笺，拳头和广场
握手和一点醇酒的芳香
划亮火柴
在转弯的墙角
我站着
看信笺一张一张燃烧

那天晚上，我从头发到拖鞋
一点一点变成白灰

在台灯下，我拿起笔
顺着光滑的玻璃桌面

我写下：

梁晓明，你好

又用右手掌揩去

一点墨渍，一个人

以后的日子都是门里面的日子

作于 1989 年

开
篇

对诸神我们太迟
对存在我们又太早。存在之诗
刚刚开篇，它是人。

——海德格尔

最初

　　——死去的人在风中飘荡
　　　　正如我们在时间中奔走

在四季停止开花的地方，
一个人来到我面前
他带着正反两只手掌
他戴着一枚游魂的徽章
他突然出现，穿着黑夜的布鞋
他吹拂我

他挤着我

他将我完整地挤到世界的手中

在世界的触摸下我衣饰丧尽

我离弃了故土、上天和父母

像一滴泪带着它自己的女人离开眼眶

它赤身裸体

面前只剩下一条侍从的路

我在为谁说话？时间在唤谁回家？

来到手边的酒浆是谁的生命？

鸟往空中飞，谁把好日子寄托在空中

将眼睛盯死在发光的门楣上？

大地向人们介绍着它那一个个国家

我踽踽向西，我说过的话

此刻被人们重复地说出

我鼓掌的鹰，现在又在被别人鼓掌

哪些是人？谁还在怜悯？

旋风在寻找谁的脸？

被流水带走的生命阴天又把它偷偷带回

满眼的技术，这些疯狂的欲火

他们都穿着爱情的服装

我不再生，也不再死亡

人们需要呼吸，人们需要战胜

但恰恰是空虚使他们生长

我不再生，也不再死亡

在四散的灰烬中，我看见鲜花离开了四季

惭愧

我深感惭愧我丰盛的衣饰

我深感惭愧我高傲的双眼

我惭愧你居高峰之上

为了长啸

而长啸

我惭愧泪，我惭愧血

在深深的海底，我惭愧我的波浪应风而起

我大笑，或者大哭

我大怒，或者大悲

我的衣服已经弄脏，我惭愧我战胜的双手

欲望在空中飞

光从天上来

我惭愧我的道路在你的手掌上越走越开阔

越无边，无穷无尽地深入远方的风景

在你的手掌上，欲望被欲望向高处煽起

死亡向死亡挺进

他不再诞生

也不再死亡

无主的风向四方吹，我的脸变成了

许多人的脸

我丰盛的衣饰也越来越脏，再难以洗净

在喧哗的人声中我再难以沉寂

再难以无言

众生在我的眼中观看，为活着而烦恼

我鼻中的空气是别人的空气

一张脸，或者

干净的心

我需要我愧对最初的流水

我需要从骨头里深感惭愧

在最上品的歌声中

我恰恰看见下品

最锋利的刀刃口我恰恰看见了迟钝

说你们

——我将说遍你们的屈辱、光荣、尴尬、丑陋
　　我用大海的语言，钢铁的心
　　最后我说到了自己的眼睛

我用树，草来说你们
用林中的豹，大街上闪烁的双眼
我用过去的风与现在的钟表
这些短暂的灰烬，狂妄的燃烧中
属于圣地的金杯

我用尽了我的时间
火依然在眼中诞生，我依然
在你们步行的门外
石头发展石头，你起步走向你们
在风声与歌声同步升起时
舞蹈动摇了冬天的主人

你们只重视声带，那么
是谁在教我诉说？
在我的庭院，基石，手指的围护中
是谁动摇了我的种子？

我如果有心，我也不能向你们倾心

因为你们不是我，你也不是任何一片风

一个词

我如果有锁，我的手就是他的锈迹与归宿

我的话只能在附近的空气中说出

规定的天空下，醒悟又一次落入迷茫

又一次再一次被第一次繁衍

我被城市限制，被语言归类

出生的风暴指定了结局

面对时间自在的分析

在他的布局下

属于我的时间只剩下一滴水，仅仅是一滴水

为大海归档，被土地接收

在太阳下我启唇歌唱一种光，我只能歌唱光

这背后的，最后的

刀割的狂喜与波浪

我看见我周围的墙垣，城堡，海报

优雅的洒水车

穿在贫苦人身上坚挺的西装，这一个我

与无数的我

走入爱情，这便宜的防风帽

躲避在房屋内，他们也希望从时间中逃出

他们读书、遐想，在眼睫的堤坝上

向大海的更高处眺望

他们拼命使自己向自己逃离

他们在到处超越

但他们是人

腿短，命长，一堵墙他们就落入了叹息

问

——问深扎的根，问乱走的云

　　问历代帝王临死的恐惧

　　我微笑地避开人类这一撮小小的灰尘

话中有话，正如花中有花

来到我手上的春天是最短暂的春天

难以抵达石头，难以抵达大海

处身在黑夜与黎明的中间

处身在蜡烛恍惚的光辉下

你我将身体凑在一起

在裸露的冬天一起哼小调，写曲子

在圣诞的晚上我们读最低级的诗

谈飞鹰的哲学，浪漫的生命与蚂蚁的寿命
最珍贵的粮食与苍蝇的粮食

医生手中的钱与病人的创痛，你我手上的春天
是最少价值的春天

宝塔是谁？太阳是谁？
神圣的光辉是谁的消遣？
沙漠的大笑，革命的狂喜
将好日子一一打发到路边
与垃圾为伴，与下层人为友
在焚烧的广场上是一缕轻烟

那么是谁要将磨难安置在门口？
宇宙间的事物，有哪一件不被人们所了解？
风暴的中心是寂静中的寂静
历史的追溯者永远是女人

大海曾经为存在而存在，现在大海消失
但出现过的季节必将再度出现
大海一样，包括太阳下的驿站，牌局
墓碑与哀歌
犹如挥起的马鞭下马车奔走
犹如坚石上打印记，唯有一种光荣

唯有一只手

唯有那个不能称作人的人

犹如逝去的哲学在闲暇中被想起

在腾挪的棋子间他推门出现——

那不能被称作人的人

在所有的人中他是最完整的人

真正的人恰恰在大地上不能被称作人

所以你我的脸只是一块蜡，生命是一场风

在夏天的活跃中我们最活跃

在冬天的冰冷中我们又最冰冷

声音

——应该有一种声音，在不是声音的地方

　　他挺身显现

应该有一种声音，在不是声音的地方

他挺身显现

在手掌之外，在餐桌之上

在欣欣向荣的植物心中

应该有一种声音，在流水的地方他低声领唱

在第一滴雨中他高抬起双眼

应该有一把刀

使我们的空气看得更远

让我们重新看到隐蔽的鲜血，晶莹发亮的

坚硬的骨头

在倒塌的楼中我们看到建筑者的双手

在见底的油壶旁我们看到繁衍的秘密

从破裂的陶罐片，铜栅栏

从巨大的水缸中

应该有一种声音，在无用的翘望下

在没有光的地方

依稀的我们才开始认识光

火，大火才开始被我们鼓舞

他们在风中欢笑，舞蹈

隐隐的祭奠，遥远的美酒

祖上的日子再一次嘶鸣

应该有声音与钢刀一起向我们显现

在我们的生活中他重新下雨

他打哈，伸腿

挥剑杀人

在难以呼吸的山林中他酣然入睡

在难以迎接的风中

他的出现使风逃走

这样一种声音，在我们寻找的
单薄的手外
在幼稚绿叶的询问中
他说：
现在还是冰雹，现在还是飘蓬
现在的水
那失却脑浆的水
正一浪一浪地将我们掩埋

深入

——大地使天空得到呼吸
　　但是谁？
　　我与你高歌的地方他撒下一串叹息

傍晚，当大雪将闲暇的时间填满，当又一阵风
吹在你我的体外
使无神的粮食又一次成熟

在众生的大街上，灯光将两边的黑暗照亮
生长或者死亡

我能否深入泥土？深入花？

通过水的道路

认清我十年来短暂的瞬间，好像批判

通过指责而认清了疯狂

在寂静的任命下

我再一次使笑容重新归家？

我曾经深入过最早的稻谷？人类手上的

第一粒火种？我是第一粒盐

使广泛的生活获得基础、道路、池塘

鸟儿在枝头夸耀它的羽毛

大地使天空得到呼吸

但是谁？谁的声音如迫近的鼓声

如紧张而又有序的时间

如精神上巨大的

飞跑的车轮

是谁？在不在的地方他永远存在

这位缺席的裁夺者，是谁？

我与你高歌的地方他撒下一串叹息

将欢乐的葡萄挂在你我悲痛的家中

谁？让我又一次站在岔路的手臂中

这位深刻的反对者

让爱情继续生长，或者

去死。

迅速让身体走近星星

走进一座宫殿的墓地

疑问在举手投足间见风就长，这是谁的力量？

因为谁

我再一次向你高声责问，而最高的责问

也恰恰是世界上最低的责问

刀子

——所有纪念碑都顶着我的鞋底

　　风暴挤入我内心

　　我洁白的骨头向喊叫逼近

一把鲜明的刀子是另一种曙光，是另一种

弃我而去的语言

整整一个朝代，我跟踪一把刀子

在人类的鲜血与不可宽恕的圣殿之间

我填进了我的青春

我填进了被流水培养的童贞

我小心地用脚踩着我的土地，我不敢用力

因为战争在意外的弦上

因为祖先们唱歌在我的鞋底

他们指责我

他们将嘴唇撇在我的路边

他们的童贞曾经在山中传出鹰隼粗暴的呼啸

所以

所有纪念碑都顶着我的鞋底，风暴挤入我内心

整整二十年风暴占有我玻璃的双眼

我洁白的骨头向喊叫逼近

整整二十年

在温暖肉体的包裹下

需要一把刀

一把开封的刀，我在大街上走

我绕过湖边的姑娘与白鹤

我心中敲着光明的小鼓

我心中挥舞着风暴的双手

我无视衣饰、食品，历史书籍中

崇高的传说

因为需要切割乱麻的魅力，因为涅槃

是天空的鼓舞

因为勇气是稀少的黄金，因为

黄金将我挤到了沙漠上

在风的永恒吹拂下
我变成了一把刀子

故宫

——谁敢说自己
是群众和希望？

站在午门的门口
谁敢说自己饱经沧桑？
谁敢说自己
是群众和希望？
风拉着灰尘在广场上跳舞
风指着广告在撇着嘴嘲笑

谁敢说生命比太阳更重？谁敢说
眼泪是钻石的父母？

站在午门的门口
我深思永恒与一叠废纸
我深思日历上撕下的骨灰

我长叹我脚踩的这块土地
我脚底下的祖宗都失去了喉咙

他们的眼睛是天上的星星
明亮却植根在黑夜的家中

最亮的启示
恰恰来自最低暗的触动

站在午门的门口
谁敢说自己高过了时间？
谁敢挺胸高歌
闭眼赞颂自己的胜利
轻轻躲开了大地的问候？
我买了门票
我跟着人走
正如我此刻跟着时间
我不敢大声
一辈子漫长莫测的前途
谁敢说自己硬得过石头？

跟着时间
我参观故宫
乾隆看了九分钟
慈禧才看了七分钟

热恋

我已经落入了迷茫与热恋，整整二十场落叶

我围着风转

我跟着风走

我让我在寺院里跟着袈裟哭

我或者朝疯人院大笑

我认为疯人的疯狂是薄冰的疯狂

他们的疯狂还不如我疯狂的一个指头

我故意不开灯，在深深的黑夜里辨识黑夜的

深度

我故意拒绝嘴，拒绝开花与海底下

广阔的爱情

是的，我落入了热恋

像剧院散场时最后一张空旷的凳子

不能说话

我却与邻座大声说话

我走不出等待，因为我继续热恋

因为燕子沿着自己的道路双双飞走

属于等待的只能继续等待

不管我做木匠活，去河边钓鱼

还是将一缕光滤出七种颜色

不管我在信中写信

还是将地址

在太阳的姓名下一一划去

陷入热恋的只能继续热恋，这便是人

作为人所唯一拥有的最高消遣

等待

因为等待侵入我细微的生活，侵入光

狂妄与石头

紧闭的大门与我的家庭

包括下雪和冬天

因为认识燕子，所以我欣赏他的来临

他的建设与哺育

等到等待叩门，燕子飞去

燕巢又一次空虚

我发现我的焦灼还不如一杯水

燕子有燕子追逐的道路

他来到我等待的屋檐，他啼叫

或者觅食

他展翅飞起或落脚在电线上

我等待着我的等待的过去

他

你我手上的春天是春天中最脏的春天
而那迥然不同的人
那诞生于玻璃中，那将高山为坐石
那遇风就长
顺水而下的人
他的脚印在你我的脚印中显得歪斜
凌乱，而缺乏章法
他不仅从过去中解脱，他更从
现在的事物中得到解脱
他甚至将明天也提前挥霍，这个
与你我迥然不同的人
他将家安置在鞋面上，他落脚的地方
就是他的家繁荣的开始
他的脸也是一块蜡，但是他
又是谁？
将你我的生活搅乱
在平静的池塘上他吹来细微不息的波漪
我们的脸在他的脸中
显得贫瘠

在他的脸上我们的脸庞一片荒凉

击鼓

——他的声音比黑夜更黑，比光更亮
　　比翠绿的橄榄枝更加迷人

是谁？是谁？是谁？
他敲着流水的小鼓，他敲着钢刀的锋刃
他敲着朋友那如纸的脸皮

是谁？是谁？是谁？
他敲着所有风中那最单薄的风
他敲着自己的双眼
他敲着天空的肋骨
在一面破鼓上他一敲再敲
他读书，或者撒尿
或者脚踩着云彩与冬天赛跑
他或者将自己的鲜血涂抹在太阳上
他或者哭
他或者笑
他或者在倾听中深入鸣蝉
他骑在高树上，他歌唱在油漆里

他的声音比黑夜更黑

比光更亮，比翠绿的橄榄枝更加迷人

是乞丐中的乞丐，政客中的政客

是两条大河中更宽的那条河

他敲着一片落叶中他腐烂的良心

他顺流而下，在时间中

在奔腾下

他敲着跌落的牙齿，敲着失掉的鞋

在姑娘的翘望中他比老人更老

在老人的回首中

他比幼孩更无知

更莽撞

是一场没有主人的斗争

在眨眼的瞬间他敲着瞬间中眨眼的永恒

激情或者风暴

战胜

或者死亡

是谁？是谁？是谁？

他向四面的空中频频击鼓！

我遍尝风霜

——我为他的愤怒

　　感到泄气

　　他活着已经是一副重担

　　他还要加上更重的负担

自从初夏在石碑上站住脚，我和他便开始遍尝风霜

每一次远离，车站与度假

惊醒的电话，信，和一切亲切的笑容

在翻手的天空下

风暴与风暴连在一起，但是我和他

难以分开

他和死去的人一起讨论活着的意义

他或者站起身

在新鲜的太阳下指责一筐变质的带鱼

我为他的愤怒

感到泄气

他活着已经是一副重担，他还要加上更重的负担

他穿行在火焰中，他两眼射出纯粹的黄金

他喜悦时手捧着鲜红的苹果

谁在吃苹果？

苹果一旦离开枝头

它就将落入人类的命运

这样，我不得不再一次寻找发芽，我生的欲望

烈火的大笑与水中的拯救

为了他美好的双眼

我沉寂

无语

自从初夏在石碑上站住脚，天空不再说话

他藏起了喉咙

他将他的大门朝我们关闭

走下去

这种磨难，带着磨难的心，走进宝塔

苍鹰的爪，大海与篷帆

一次次远离与团聚，梦想

和半夜停电前最后一盏坚持的孤灯

走下去，一点点流露出他的感情

好像眼中射出的黄金

既然他与我已经落入历史的手中

在他斑驳的墙上

只能走下去，从墙中走出

被一扇门关闭只能试着走另一道门

但是地点与终结，是谁？

是谁呢？

将丧钟敲响着

将无尽的空白预先刻满在最高的墓志铭上？

石碑上的姓名

石碑上刻着字，你在哪里？

你的手是肉

你的泪是水

你向风赞颂的歌

风早已将它吹入泥土

你站在碑前看

你靠着碑文想

你的一生是鞋子的一生

是世界安排的路，是世界制成的鞋

在世界的梦想中你走到了尽头

你依恋，你回首

已经没有边缘，可到处都是边缘

已经没有了生长，可到处都是生长

石匠在刻你的碑

石匠在刻你的字

你的姓名在石头上看你

你的战胜在碑文里送你

你缓缓起飞，你到底在哪里？

那人们最为畏怯的生命

你却在心中默默地赞美

你观察你的手

你分析你的泪

你将唱过的歌曲一唱再唱

你难以离开，你难以忍受

但永恒的是轻风，永恒的

是四季

在世界的尽头鸟从来不飞

在世界的尽头我没有消息

荣耀

语言离我而去。今天开始

我从这世界上争取到的荣耀

如青瓦上纤细的一缕烟

离开我

轻轻散去

作为一个人，我从何处得到荣耀？

我有什么荣耀可以值得

对人谈起

浪漫的树叶想用绿色染遍秋天

但是积水

碰到冬天就开始结冰

从何时开始，我们的眼睛有了一个结晶体的别名？

我们的眼睛开始结冰

我们的伟大

终于建立在狂风的基础上

从此之后

我的泪水将对谁而流？我将对谁

说我心底心酸的爱？

我活着，然后去死

很多人活着，接着去死——

为得到一点多余的住宅

如一捧飞灰想占住时间，想在风中

更久地飘摇

但是下坠，这泥土的宿命

谁在说希望是太阳的光辉？

我们还这样从一个家门到另一个家门

从一座台阶到另一座台阶

从一双手到另一双手地

不断转换着我们的人生

我们的女人

用她们的身体和爱情的家

不断提醒我们的前进

但是

我们的眼睛已经结冰

我只是这样一个人，我又怎敢大声地谈起荣耀？

我又怎敢对人类问一声

将在几时结束？

我们重新过一遍我们的一生

雪

比疆界更远。大雪

深深下落

他以轻松的步伐

走遍乡村、城市、烟囱和树杈

每年的最后

雪从空中向人间下落

雪以纯白飘动的步态告诉世界

他活着，始终呼吸着
直到死亡来临
——大雪向大地全面服从

从不大声呼喝，只是轻轻讲述
在时间最后的广场上
像一个奇迹，死过的大雪啊
经过欲望的六月，竭尽表现的
阴险春天
放肆劫掠后
衰残的秋季
又一次
他深深下落在悲痛的大地
洁白一片
接着另一片，因肮脏而死
然后
又重新来临

是这样坚定活着，并且
始终呼吸着
从不大声呼喝，只是轻轻讲述
大雪向大地全面服从
开始于空中

再走向大地

在人类的生活中他最后完成

比疆界更遥远。我站在街边

我看着大雪向我下落

我想着宿命，我已经是另一场牺牲的大雪

在时间最后，我将痛哭

流泪

因为无限的大雪在说：

他就是我的未来，目前正是我的现在

向下看

向下看，与鸟一起生活的人

春天离他们越来越远

我看着花开，我看着他们在流水中

在飘洒的羽毛中将一生度完

来自底层的草最终在泥土里

落入归宿

泥土是他们的根，他们的家

与灰土一起将宿命低吟

成绩与清明一起下雨

正如相反的鲜花，他开花在枝头上

正如鸣蝉歌唱在高处

鹰将道路铺开在天空上

我看着这一切发生

我又转身走开，我微笑

我不表态

我把手放在了季节的门外

好消息

好消息被你带进明天

我风尘的战袍再一次暗淡，再一次褪色的

我的眼睛

向胸前收拢高飞的翅翼

我降下来

在急促的钟声里将灰烬掸净

我穿过石头、黑烟和高塔

永恒的旗杆上

我浸透了冰霜

我降下来

我降得还不够

好消息深埋在各户人家

馨香的好消息是低矮的灯盏

我降下来

背后我盖住了明天的光芒

进入

那在风中久藏的，风必将使他显现，

正如一滴水

他来自大海

他的归宿与泥土为伴

我经历过风，我深入过最早的语言

在风中歌唱的

风将最后为他而歌唱

我领略过这一切。我沉思的手

在不可升级的高地上停留

在闭门不出的庭院中开放

或者布种

好像是最好的梦境为眼睛打开

为城堡打开

为最迟的旅行者卸下了负担

我与风一起深藏

与歌一起高唱

在棉花地里我深入过季节

旺盛的季节

为落叶而鼓掌

为丰收而站立畅饮黄酒

最烈的黄酒也是我最不可忘怀的回想

我一点点记叙

我一点点遗忘

我一点点走入我生命的中途

漫游

我身上落下了该落的叶子，我手下长出了该长的语言

我歌唱

或者沉思

我漫游，或者在梦境中将现实记述

我已经起飞

但飞翔得还不够

我低下头

我在褐色的泥土中将水分清洗

钟声不响，我的歌声不亮

正如一轮太阳使夜晚向往

我跟着一只鸟，我观察一群鹰

我在过去的传说中展开了翅膀

是告诉你的时候，我在说着故事

是繁盛的开端，我在倾听着寂静

好像是一种光

我在光中回想

在最大的风中我轻轻启动着双唇

没有字

没有让你领悟的通道

已经落下了叶子，但落得还不够

在应该生长的地方

我的飞翔在飞翔中静止

黄金

我不仅在风中取出黄金，我还从烟中

从青瓦覆盖的门廊

从身上遗落的雨点

是的，我从更高的时间里

像一只鸟

我在所有的绿草丛中叫喊出黄金

精神的黄金，在四季的门外

在门外，大道上汽车狂奔

人群驻立在站牌下

失望使他们相互默认

用纸牌抵抗惊恐的黄昏

从黑夜中取出黄金，他胜过星星

他也依附星星

伸出光芒的手臂

他从高空俯下身体

他告诉我

黄金越多，人群越瘦

黄金产生在饥饿的眼中

太阳

我总是歌唱你，从瓦片的缝隙

茶杯的沿口，从上班途中

哪一刻我抬头时不遇见你？

梦中，甚至

低头的时候

你也在我的目光中踱步

你几乎不用姿势，在我的目光中

你随意进出

你以我的眼睛为家

轻松，闲暇

哪一刻我不为你的远离

而睁着眼过夜

太阳

你不出现我难以入眠

在你的足迹里

我种下汗水，泪水

年轻的生命

我跟着你，直到以你为家

但是你的骄傲如带刺的高山

我只能聆听

我只能跟从

在你的家中

我仅仅有一份谦卑的食谱

树的插曲

在诞生之前我就在等待，一个人

越过茫茫人海终于来到我面前

他伸手捧起我，他将我插入

温暖的泥土

我伸枝展叶，这时我开始在空气中等待

我在街边、花园里，或者荒野

孩子、成人，甚至野兽露出友善的双眼

我开始粗壮，这时我等待各类啼鸟

它们将叫出我心底难言的喜悦

之后我等待下雨、惊雷、太阳和云彩

我开始衰老，我被焚烧、伐倒

或者被拖到狭窄的后院

被一个人用斧子从中间劈开

我死了，我又回到诞生以前，我重新等待

哀伤、喜悦、痛苦、兴奋

他们都不重要

我是树，等待便是一切

我是树，或者我就叫等待

下面的预感

我们的生活像冷清的黑夜从眼皮底下翻起

置身在麻雀

轻佻的

四处乱停的风中

属于我们的日子

它坐在一只大木吊桶中

向命运难测的深井中坠落

向上的生命和向下的流水

友谊在打滑的卵石上诞生

可是心灵底下的希望

寂寞中太阳一样生出光芒热烈的翅膀

等到时间敲门

等到时间插进另外一只手

所有丰富的脸庞全都变成最初的一张白纸

谁不苍白

谁就与人类分开了归途

我对风说爱

我对水说坚持不动的信心

可大街上的人们四处走开

他们低着头

惊喜地寻找最近的通途

我知道我是一撮灰

旺盛的年轻烧剩下的一撮灰

我站起身体

从地下的灰中

我端出我的笑脸

笑脸是我活着的唯一证明
可世界说灰尘是大风的唾液

秋风

就像一阵秋风，就像一场大雨
我转瞬离开又迅疾来到意外的河边
那是苦干的八月
黄金的太阳正敲打它那不破的铜锣
覆盖着荷花，最美的少女
就像一场大梦将人生改变
我看见季节的衣裙总是比我
更早地抵达
那些星星的语言，歌声的大姐妹
那些将黑暗从瓦罐底下挖出的叙述
我在八月被深深震动
沿着白杨树拐弯
大水也跟着前进
在水中我曾经是自由的一尾波漪吗？
我有可能在自由中驻足过一刻吗？

在八月的大水中

我是否已被怜悯托起？是否已被更大的狂风

将我的口粮与我分开来？

使我最旺盛的手势落入跟从的

不会将道路一分为二的

棉花的絮语与狗眼的狂喜中？

是的。我的心被天空定音！

被嘈杂的蚂蚁向低暗的家中坚持搬运

最嘹亮的童年被青春撕碎

如一片单薄的风，如一列火车

在期望的行进中

将往事丧尽！

之后，我落入了灰尘

我在陌生的水中无视呼吸

我已孤单，

我还孤单得不够

正如一场秋风，正如一场

逝去的大雨

允许

——允许我的思想开始流动，接受风
  接受你内心善良的大雨

允许我的精神在风中坚定，在歌中胜利

在最小的石块中说起永恒

允许我在树中生根

在广大的荒漠中我寻找到水分

允许我第一口喝下这神圣的露珠

你双垂的眼帘

允许我走过你的膝前，像一个人

身上是坚硬的白骨头与

太阳上笔直流下来的血

允许我飞过你的门楣，堂前

如夜晚的流萤

因为你我发光

我展翅

在你的时间中我得以进食

允许我的思想开始流动，接受风

接受你内心善良的大雨

让我光辉，让我脆弱的双脚

抬头升起来

在众星之中让我从你得到喜悦，欢笑

最美丽的女子

与河流碧蓝的大腿

让我生下的孩子使我宽心

幸福绕膝

与悠长的回忆

让乐观像黄金一样被我领受

从你智慧的大手中

让我在无家的人群中得到一个家

得到一把开你的钥匙

并且允许我随意地出走，碰壁

直到在浪费的血中再度将你认出

像衰弱的草再度认清阳光

允许我向上站起

像虎一样生长

允许我的双眼色彩斑斓

在我的死亡中你永远不死

因为我的逝去你再度拓宽了永恒

作于 1990—1993 年

长

诗

我要写一首长诗。一首比黑夜更黑

比钟鼎更沉，比混浊的泥土更其深厚的

一首长诗。一首超越翅膀的诗

它往下跌，不展翅飞翔

它不在春天向人类弹响那甜美的小溪

它不发光，身上不长翠绿的小树叶

它是绝望的，苦涩的

它比高翘的古塔更加孤寂，它被岁月钢铁的手掌

捏得喘不过一口气

它犹自如干涸的鱼在张大嘴巴

向不可能的空气中索求最后一口

能够活下去的水

我要在宽阔的、等待的、不可能有归来的

大海的愤怒中保存下一罐

最纯净的水

一颗善良而又慈爱的良心

良心如水。它早已被人类用脏了
忽视造成了时间的丢失
丢失的时间造成人生如烟灰般浪费

我不断开门，我穿过杂草丛生的小路
那陌生的车铃声，那飘曳的长裙
有哪一点灯光是你带来的
给我的信心？
有哪一点微笑与依偎
是你最后给我确定的真言？

在人生的惶惑中，成熟的石榴最早开口
正如秋枫，坚定而后又落入迷茫

路在问，河流在问，
招展在人头上鲜红的旗帜，
那无主的风
一遍又一遍把大地拷问：
是谁在拯救？是谁在指示我们不断诞生？

坚定而后又落入迷茫
一片又一片代表春天的树叶在我的心中
不停地坠落
在白天，在人类

用自己的生命残酷折磨岁月的奔波中

我拿起笔

我知道我要写下一首长诗

一首连历史都说不清含意的长诗

一首蓝天转入黑暗，光陷入沼泽

舰船不断起航

又不断被巨大的看不清力量的海水

轻轻推上岸

是努力过的、最后坚持过的，

是必须爆发的，像牛眼一样愤怒

豹一样狂跳，像虎皮一样色彩斑斓

是这样的一首长诗

我将在今夜全面地写出来。

我将说给谁听？写给谁看？

城市　或者乡村

这只手　转瞬又是那只手的

是哪一个人还在内心为光明的传统深深惋惜？

文化被印成一张张奖券

它在人民心中代表着利息

它在无房的人群中代表便宜的售楼消息

长叹，长诗和我一起长叹

长夜漫漫啊，我更在漆黑的半夜

就是这样毫无信心的，漆黑漆黑的

一首长诗

它宛转如一道暗淡的河水

最终流入混浊的大海

花的死，鸟的死，太阳死后

星星去死

这样无望又痛苦的归宿啊

你总是步履稳重地向我们走来

无论我欢呼、忽视、向往或者鄙视

你总是如操场上列队的士兵

你是威武无人能阻的军队

你手持着枪刺向我们走来

有哪一个人能够逃避？有哪一个春天

最后不被落叶彻底扫尽？

没有希望恰恰萌生出最大的希望

悲剧在珍视中挂着泪出现

但我又怎能逃避我内心这一块冰冻的冬天？

那最后一片洁白，而又纯净的

白雪的呼唤？

无梦的时间将又一次把我渺小的身躯

彻底掩埋

是这样的一首诗，此刻它恰如一颗星星

隐去最后一点光芒

它无以题名，它自我的手中

正缓缓地写出！

作于 1998 年

敬
献

——这首诗我献给我的父亲。他这一生的错误、固执、豪爽、天真、愚蠢、大笑、浪漫、迂腐与受尽挫折却始终怀抱一份莫名其妙的理想主义的感情让我感慨、气愤，又充满敬意。

丰城镇

祖先的宝塔将黑夜带走
我的指甲隐隐作痛
是哪一匹白马，是哪一朵胜过额头的牡丹
将最亮丽的瓷器赠送给反复赞颂的大地？
将百鸟的翅膀坚持向黑暗灿烂的歌唱？

太阳将走远的人们一一唤回，我的身边
草地和悬岩闪闪发光，香料使一座小城茂盛
大道走向南门，火焰将童年照亮

他们在白纸上写满了波涛

他们在岸上开口倾诉

一片月光将所有的家庭插满鲜花

那个简单的男孩，弄堂的鄙视者

谁？把最初一张灰色的纸牌

高举着越过

梦中逐渐开阔的世界

把最初一滴玻璃的露水递到他手上的

又是谁？那个漂亮的鬈发少年

在舞台上将手风琴的音阶占领

将他满头的热情挥洒在每一张翘望的小嘴上

谁是我逐渐走远的歌声？祖先的启示

被谁秘密地掩藏在桥下？

越飞越高的鸟，我将是你们的第几卷《史记》？

追逐简单的男孩他从小就走遍了

陶罐上

最隐秘的道路

他从小就走进了一朵花的心里，在那里

他浇水、造床

安眠和制作群星

他从小就将整座小城扛在肩上

父亲

——儿时，父亲每年春节带我上对面山上的
宝塔去刻一首诗，直至平反后返杭为止。

父亲将名字刻到宝塔上，每逢节日
父亲的手指就指向宝塔遥远地歌唱
在河流的下方，
七棵杨柳向父亲致意
它们将春天挽留在岸上

带着笔，带着沉重墨水的他，我祖先中最近的一个
最亮的一颗星星是他
最早抛弃的一句誓言
习惯在天空乱走，习惯将字迹留在门楣
高声朗诵瀑布的他
我祖先中最疯狂的一位男子
在厨房门口大声说话，在大街上
伸手指点出真诚的女婴，在布匹柜台前
将一场秋风的灵魂分析
归纳，最终把时间一把抓走的
生下我的男人，北风的大兄长
他走过小城时留下空旷

留下不经意产生的爱情

风铃和噪音

在每一个家门口他的名字

被人指点，我跟着他

闲暇那么在行，而歌唱更加在行

我只能将自己的光辉限制

跟着他，将钥匙自信地紧握在手上

日子（父亲之二）

日子好，喜鹊将乌鸦彻底赶走，站立窗外

我的河流正对着香椿

一大片河流在早晨发亮，起雾

高高兴兴的邻居在刷牙

站立堤坝上，他的儿子

身高和我的身高一样

他的双手抚遍了宝剑，他的眼睛的光辉

在宝剑的光辉下将禾苗看遍

将每一块庭院的空间丈量

他宽头的皮鞋

梦想又一次

从咯吱叫喊的阁楼下走过

抽屉深藏勋章

他喜欢在风中乱走，在风中

他张口就出现一条大江

在早晨的风声中，他宽大的裤脚呼呼有声

大雾没有解决

他的睫毛还没有闭上

竹席上他的语言出现，他一开口

邻居的父子将午餐遗忘

在黄酒中，在挥舞笑话的大手下

香气将后院笼罩，所有的乐器

一齐向快乐的葡萄演奏

在卵石后院，在爱情的外面

他一高兴

我们大家就一派风光

南门

我穿过电影的最后一格

走上台阶

两盏路灯中间我的脸

雪山闪耀苍白的反光

诗歌寒冷的帐篷

被我的手掌轻轻推开

呼吸是最后一道密门

最后一根沉默的手指穿破窗棂

直指大桥背后的荒滩

大雪的微笑纷纷扬扬

覆盖我朝阳的道路，我跟着他

一个相貌和善的黑眼睛男人

他双脚踩在风的头发上

我只能把手伸进他的臂膀

我跟着他

最后到达他木头的门槛

大雪的微笑

我走不进他说出的最后一句话

贴在粗布西装后襟上的村镇

站起来就落到了鞋子以下

大雪的微笑纷纷扬扬

他像一粒纽扣坐在床上

我低下头

自己像一份文件被发往墙壁

冰凉的手上

青铜器

我把家中唯一的青铜器

用河水清洗，我穿着最好的衣服

我头上抹着最好的发蜡

曾诱惑我遗弃瓦片的云彩

此刻在河面上将我等待，它等待冷风

天早已大亮，它还在等待着风声倾诉

它快要离开了这里的庄稼

太阳向大米大笑，坐在马车上

它将它第一道金鞭轻轻抽在

我仔细清洗过的青铜器上

它走得还要远，只要是空间

马车就把家安置在马蹄上

风筝在意外的人群中出现

我忽然看见屋檐，我忽然看见了

竹林下的大海

风筝在手指上不断出现

清洗着青铜器，我神情严肃

我神情里一片尘土泛滥

童年

童年展开翅膀的钟楼，这时候河水在把它照耀

盖着红瓦的宽阔屋顶

这时候蝙蝠在眉睫上起飞

在堤岸上，鹅卵石队伍中空开的泥土

一点素净的灵魂

我看见他笑微微地走出后院

绕过葡萄悬挂的初春，他跨过阻挡黑夜的门牌

带着一缕阳光的种子

他伸手就指出了广场的出路

之后，他像成功的石榴，但花朵的心灵

早已落叶

之后他飞起了一只风筝

在天空悼念最后的春天

我额头紧贴着一堵砖墙

我头发飞舞地惦记他，我面对一面

玻璃的大镜子

我四肢沉默地惦念他

越过无数的耳朵与头发，我记着他
每晚匆匆地穿过汽车
斑马线与苹果摊阻隔的马路
臂弯里紧挟着两株青菜

天上的大门

天上的大门向钥匙打开，我紧握着钥匙走出门槛
叫菠萝为我开除秋天
一把刀就叫我升起笑脸
丰城已随着燕子飞走
我将横着身子穿过桑地，我将
折断芦苇跟着你走开

大海将所有的炊烟升起，是我在点火
是我在你们的面前做梦
从一片竹叶上我飞向天空

割稻的人们，我将跟随你们锋利的刀刃
一起走进安稳的睡眠

骑着满披朝霞的白马，我赶紧离开

我赶紧将自己托付给雨燕

脚上的道路向四面展开
我痛哭和大笑，我抓起一把土
挥手我就与自己分开

女子

女子，最香的花是你斜视的大眼
长在天空上，使我的日子离家出走
使最亮的星星走上了歧路
我当然年轻，在爱情的阳台上
我当然向人间的梨花翘望
离开所有的枝头我选择你的娇媚
我欢笑从此是你的随从
你忽然向我赠送眼睛
满堂都是男人，你嘴唇忽然向我走动

你忽然把烈火一把抓起
在风的吹拂下，你忽然
果断和冬天并肩靠拢

把所有的生活赶出池塘
我要晒干你头顶的全部湿发

靠着树倒下，我看着你走开

我看着你的娇媚被冬天摘下

最灿烂的花是你斜视的大眼，盛装的女子

我要在火把下出尽丑陋

把所有的皮鼓

一齐擂响

我要一个人把所有的花朵赶出家乡

凋落

男人用手臂搂着她，这时候

她显得更苍白更渺小

在一个红色的葡萄酒杯里

落花在轻轻诉说

我最后一次凋落的消息

咖啡色的玻璃窗外，街上起风了

梧桐叶像桌上宽大的抹布在无言地工作

最后一支乐队在九点半离开

钢琴的手指，音乐的暗示

从眼睛的栏杆上依次走远

我也跟在一双皮鞋的后面

他仰起头

赶忙把两扇门一下子推开

从此我的梦想就穿上了道路流浪的灵魂

月光下闪闪发光

唯一看得见的一座高塔

我和时间把日子分隔成赞颂与承受

走这么远，我站在自己的堤坝上

我独自站到自己的高塔上

手里拿着一柄小刀

为树叶和孩子们亲切握手时

唱出的歌曲

在他们背后

我终于说出了太阳和我姓名中天空的节拍

手掌上与大海告别的人

海客谈瀛洲

烟涛微茫信难求

　　——李白《梦游天姥吟留别》

手掌上与大海告别的人，他今天将黄酒彻底痛饮

他今天将擦亮大海的眼睛

他袒露出胸脯，开阔一大片遗漏的天空

在菊花的晒台上，在青瓦将高歌限制的竹椅上

山峰一开口就站在窗外

在洗衣女将爱情哺育的石板上

他伸手就指点出入迷的篷帆

北风将消失的水手送还，在他的嘴唇下

秋风在葡萄上永远安家

梦想高叫着离开宝塔

一只小小的金铃，它将在九月里深入良心

它将在一把提琴中哭泣

坐在台阶上，它将数遍过往的秋天

将紫燕的翅膀尽数收藏

我和枫叶一起微笑，如果灯光暗淡

我将是最后一缕光芒

在众人之中，在大路堤坡下

我将仔细倾听空中的雄鸡

他将敬慕的家庭插满鲜花

他嘹亮的风中有我的钥匙

属于我的锁，在一小片金铃撞击的路上

昨天被海水再一次喊醒

再一次

手掌将穿透石头的青苔

广阔的空中

我的脸被锣钹向四处敲响

奠

有一种悲哀我已经离开

我的泪水忘记了纪念

我坐在宁静的空白当中

我好像是一枝秋后的芦苇

头顶开满了轻柔的白花

我和空白相亲相爱

等待冬天到来

那遥远遥远又逐渐接近的

是一盏亲切的什么形式的灯呢?

摇晃我小镇上简朴的后院

恍惚睁开他

已经走远的两只眼睛

印迹（6首）

——给我的朋友们

1

像聂广友一样，目光倾斜被锦篷微扬的流苏散开

夜晚，如流萤，挪移的宫灯

指示青春细小的开出灿烂的金铃，有些许的叮当

些许地落入谁家的后院？丝绒的斜榻，像皇帝的雄狮

戴着青石静默的面具，静默地坐在

三百米外，更远的河畔

月光大面积涌入眼眶、无数细小轻微的豆蔻

年华如脚趾、如青豆、如一袭下悬展开害羞无限的绿衫

只是夜半出走，有三二同道如几支洞箫，坐下如秋天

顺着大江轮船出走，直下台州府，有一位律师

也写诗、也愤怒，也要在秋天跨上雁翅

各有命运，却随风先走，也随风刮刺些邻家的杂音、
低溅的埃尘
还是跟着挪移的宫灯，嫣红、姹紫，悄然滑入角楼的
窄弄
一闪金边夜色中几句清吟和轻笑

是善意的举刀划几遍江水，汉族的忧愁，甚至在竹简上
都透出霉点，禁不住一双手
挥扬与细读

2

或者我就像阿九那样，祈望一场小雨
送我来到故乡

笨重的牛犁被痛苦排斥，几点安徽的杨花
散入了篱笆
在加拿大
炊烟袅娜着蒙古的风裙，油菜花下
鸡鸭排列着契丹的天涯

面色沉郁的石墙残瓦，把整个冬天带入广西
把成功的草树推入秋风
用冰雪再次使他出发

一点点细雨如箫声落下，也带泪、也带来一生的
几点苍凉，几点冰雪坚硬
的目光

是善意的举刀划几遍江水，汉族的忧愁，
甚至在竹简上
都透出霉点，禁不住
一双手
细读与挥扬

3

还没写。天快亮了。忽然想起梁健
一寸寸烈酒强撑他撑不住的纤细血管，从虚构出发
最终在真实的妈妈身边，静静倒下

一句话不说，不是不说
是疼痛的大手抓住了喉咙，是疼痛向他打开了大门
此时此刻，孤独像餐桌边被筷子挑出的半寸小葱
没有酒，只剩孤独，坚忍着自己一个人上路

大出血的脸啊，梁健，你把我的心肠也一寸寸抓伤！

那英俊的诗人名叫严力，他站在你坟头为你点烟

三个酒杯一字排开，知道你高兴，知道你又在天堂吹牛

看，这是我的兄弟，他们又在请我喝酒
好气又好笑，即使死了，你的坟头，依然高高地
在山的上方

山高可以望远，可以天高云淡，可以直冲、横飞
即使断了条狗腿，你也要
斜着飞翔

斜着飞好，老梁，飞雪和细雨从来都是斜斜飞扬
在江南，你和它们的姿势一模一样

4

是谁在说？
我在地上吹，牛在天上飞
社会主义像四条粗壮黄毛的牛腿

我们也在社会主义的稻田里长大，就像刘翔
知识是他最大的敌人，所有文化
在他的手掌下重新排队
在课堂上分发
使年轻的眼睛瞬间认清了钢铁和暗器

在青春门外，邻家的墙角，他挖开半夜紧闭的石块
四十五岁
蛐蛐都住到了他的家里……

相反的南野，努力要冲破大米的包围，
向牛奶挺进，在海鲜和面包中绽开微笑，
像最初的婴孩
豪华是他要达到的家乡

5

干脆如张典，索性练粗口破了红颜的壁垒
活得累
不如赤条条火拼黑社会。来呀
摘花或挑刺
冷屁股迎合博学的热嘴

我欠月亮的债又如何
雨滴犹如坏消息

提升诗歌的海拔，只为更接近天籁
我但愿可以是任何东西

6

我但愿可以是任何东西，现在，我停下来
就像你停在莫斯科郊外，飞雪废弃了过往的岁月
有多少天籁被城堡掩埋，或者飞起、腾升
一路喷洒出绝命的鲜血

和平的鲜血依然喷洒，它换成告别和不再回首
暗中的永别比冬天更冷，像另一种牺牲
一点点熬日子比断线的珍珠
还要心疼、心酸，刀割的内心
脆弱像一株掰开的青菜

是青菜就得下饭，还要加盐、撒味精，还要在油锅里
细细翻拨，还必须自己亲自动手
直到天亮，像另一只手掌
慢慢摆到了你的窗前

老友剑兄啊，这就是人，他们总希望从时间中逃出
他们读书、遐想，在眼睫的堤坝上
向大海的更高处眺望，他们拼命使自己
向自己逃离，他们在到处超越
但他们是人，像你，或者
我
腿短、命长，一堵墙我们就落入了叹息

作于 2006 年

进临海

——浙江临海有座著名的长城，和任何时期任何地方的长城一样，它作为抵御外侮的一道城壁，从建立就包含了牺牲的命运。细雨轻洒，我站在长城上，忽然觉得我就像自古以来天生在此的一块城砖，牺牲或无言。一任雨点把历史飞溅在每一道裂缝里……

1

太多的言辞堆砌在眼前，青色的、倾城的
刚升上树梢，却又忽然
低低斜飞于眉睫之下
不多，也不会像一场轰然的雷雨
连绵的长针落下，它无言、缄默、牺牲的长城
就这样在树林中蜿蜒身躯、曲折向前，直到嘶喊
如命中相遇的另一种光辉，直到
看见你
像看见更多的古人

无言，并无屋檐

遮盖是它身后的事迹、是几位文人

从远方来，捡草、捡碎裂的砖瓦

掂量几缕安宁的阳光

我也是，雄伟是一定有的

正像此刻，怀想中的钟声，一下、两下

轰然摇晃在眺望的远方……

2

在远方，有没有过去

像此刻脚下细碎凌乱的满地阳光

像一个孩子天真的笑声

在你的回首中忽然伶伶俐俐地跑到了对面

沉默的山上？

牺牲的长城，我一步步踩在你的身上

我一点点捡起你的碎砖、细沙，你的呼吸

和你静默太久渴望的目光……

3

我悄然斜身青砖的垛口，我比青草更低，那些杀声

越山岭而来

刀剑如雨，更多的对手越过城界

紧张是去年，是鲜血自脸上如飞雨飞出，顺着

我的眉睫滑下

也顺便带出了我的强悍，挥刀如挥草

如梦中老农挥出的镰刀

敌人的血，刀下溅开，点点鲜红，圆满如稻穗

带着骄傲脚边散开

也顺着我的眉睫滑下。这不是幻念

它完全可能是另一个临海人，晚归在家

对娇妻的言辞，在微弱的油灯下

这恰好是他们最为幸福的一段时间

4

战争就像天上的大雨，从古至今

在人类的心中从不停息

所有的灾难都在手上

如果你摊开

如果你仔细观看

每一条纹路都纠结着千万年斗争的信息

5

转头里有砖头，人在哪里？风雨中有风雨，你曾经辨析？
你曾经冒雨冲出你命运的冬天？
像一封必将死亡的脆弱信件？

我看见你们越过墙头，在低矮的城墙边
你们低下头颅，深含的眼泪
最终掉落在更远的河边

河滩上有流水，粼光银白翻腾在河面，沉默的鹅卵石
自脚边滑过，向家乡的兄弟一一告别
握手来自西方，临海的战士们
最终在斜阳下各奔东西
把父母的担忧到处挥洒在边远的他乡

我看着墙上受伤的文字，身体一个个睁开了眼睛
我像一个逗号，凝神屏息，完全可能我是南方的另一
个战士
潜伏、静寂，甚至消散在无风的脚底。我是砖缝中的
另一道灰泥，在砖与砖之间安心睡去

带着南方独立挫折的斑驳雄心，我走不完这座起伏的
城垣……

6

过去的并不会无端过去，就像现在
我看着这成为景物的长城
我拍砖，拍得来劲后，我也拍长城上无边的空气
我忽然拍出了方腊和戚继光，他们也挥手、也曾经遥
指着苍茫的天穹

荒草猎猎、无风也翻卷混浊的波纹，波纹下更多
被平息的叹息

那些命令之下的一条条生命、那些肌肉和断肢
穿过牺牲后直插土地不屈的拳头
你死后，我来
我倒下还伸手托你向前

一生如枪只记得枪尖直指的方向！

我这样拍着城砖走出临海，我是哪一位新近加入的
扛枪的斗士？
从临海我带走了哪一缕血脉？

7

尾曲

有一种悲哀我已经离开

我的泪水忘记了纪念

我坐在宁静的空白当中

我好像是一枝秋后的芦苇

头顶开满了轻柔的白花

我和空白相亲相爱

等待冬天到来

那遥远遥远又逐渐接近的

是一盏亲切的什么形式的灯呢?

摇晃我小城中简朴的后院

恍惚睁开他

已经走远的两只眼睛

作于 2010 年

死亡八首

——近些日子心里极为敏感，感觉死亡好像忽然来到了我的身边，其实我 20 世纪 80 年代初就那样感受过。为此，我还特意走上了断桥，看着满目绿柳、白堤、荷叶和孤山，满怀留恋和告别的心绪，当时就觉得这种内心的丰富实在是诗歌最好的土壤。二十多年过去，今晚开始竟然感觉死亡又一次静静坐在了我的身边。

1

原来你那么突然，又那么自然，那么快，
又那么按部就班地
来了，像一片小小的绿叶悄悄站上了一根树枝
无声无息，却又那么触目惊心
我在你旁边
我看着你
我要用一生的学问、成绩和生长的力量

甚至眼泪，甚至生命，向你挽留，向你哭诉

慢一点，再多点时间，多点健康的阳光

让我奔跑，让我再次散漫地行走在乱流的河边

一首歌，或者一本浅薄的小书

我不怨，甚至不会多说一句浪费的语言

我亲近草，亲近草地下你催生的蚂蚁

那些青菜、甘蔗，突然跃出的猎狗和野猫

甚至大桥，甚至后工业时代吃油的汽车

慢一点，我看着你

我有太多的群山、太多的湖泊还没有亲近

太多优秀的人类还没有结识、交流和握手

我有太多的想法像早春的阳光满天铺洒，

可是你

那么突然，又那么自然、那么快，

又那么按部就班地

来了，

一句话不说，就像夜晚的台灯一样

悄悄默默地站在一米开外

我的脸前，一个人

将要远去，是我

或者是我最近的亲人

没有更多书籍可以描绘你的气息

但我闻到，浑身沉进了你的手里……

2

我曾经那么优雅地分花拂柳，像独生子女般

穿行在江南，我看着月亮，

我相信在它的手下我才慢慢长大

我轻轻微笑

那么自信，我那么相信我的微笑里竟然一定有鱼米之香

我说话不多，我相信只有愿意的耳朵才能听到

我说话的音节

我只在附近的眼睛里才真正亮出我头脑的光芒

二十岁，我认为我长得越来越美

而且在风中

我认清了人生

整个青春我爱风，爱水，爱所有的星星和沉默的树林

我爱山，爱河流，爱书架上所有智慧的言语

三十岁到了，我终于发现我其实从来没有爱过自己

我藐视生活，把生命看成沙子的飘飞

水汽的升腾，烟雾的袅娜

短暂，渺小，而且无痕

我嘲笑钱，嘲笑鱼，嘲笑咖啡和一切奢华的比拼

终于，我忽然地走进了中年
明晃晃的太阳下我终于在头顶打起了雨伞
一个儿子诞生了
一个陌生的自己像一种最大的嘲笑
他天天把镜子放在我的脸前
我的狂妄，自圣，像最不可靠的一碗菜汤
一粒米饭，他小手轻轻一拨
我嘲笑的愤怒立即把我彻底淹没
以致感慨，以致羡慕
以致向往深山老林中自败的秋蝉

3（去父亲墓前）

这样我又一次来到了你的墓前，青山在背后像波浪
从头顶四处散开
在你面前，我的骄傲像石碑上泼开的一碗清水
一支香，一缕烟雾毫无骨头地软弱地消散
你死前的眼睛并没有闭上
你快乐，自信，最后的目光依然瞪向你希望的前方
我看不见你的理想和花园，你的风筝只在你自己的
脑袋里飘飞

我看不见你的目光里到底有多少对大地的眷恋

还有我，你的儿子

我来看你，哪怕现在你早已在空中

在地底下欢笑

你带去的桃树一定已经结满了枝头

你高声朗诵的瀑布一定又一次挂满了前川

你的邻居烧饭的时候一定会被你的朗诵骚扰

你不管，只照顾着自己浪漫的李白

你这老头，不抽烟，不喝酒

一辈子在大肉和辣椒里睡眠

我坐下来，忽然想到

在中国，七十年代

你大街上忽然拉住一位开会的朋友

在狭窄弯曲的江南弄堂，你们俩打开一本

《唐诗三百首》

那么诡秘，那么欣喜，我在后面

像我的儿子刚好也是九岁的童年

这么想着，轻轻微笑着

我竟然忘了，那么突然，又那么自然，那么快

又那么按部就班地

我的死亡它早已悄悄地来到身边，像一片绿叶

站上了一根细小的树枝

无声无息，却又那么触目惊心地

它在我们中间忽然变成了最好的朋友

在树影里轻轻摇晃着自得的身体

像家里的一员，它甚至也坐下来

也看着你，像我一样地向过去怀念……

4

祖国其实从来都像是一片土地，一条道路

一碗我每天必须要亲近的大白米饭

我可以喝酒，吃肉

我甚至可以饿着肚子赞美流水

但是你从来没有把脚步移开

你微笑，毫无代价地展开身体

像空气的大手摸遍了大地自己却毫无一点

收益，它依然

每天前来，每时每刻支持着它所遭遇的生命

一点一滴，结束的，你把它送入灰烬，而新鲜诞生的

你就把时间转变成鼓励

我为什么忽然会想到祖国？此时此刻，我应该想起

我的一生

我的耻辱、欢乐、光辉与折磨，我应该

向我的亲人一一告别

甚至向可能存在的

激励我的敌人

我应该向一切道谢，感恩，用清水的眼光

向过去的一生轻轻淋洒

那些童年的燕子，青年的乳房，肌肉

与到达中年后喷香的香椿

我把它从安吉的深山移来

种在花园里，我比读诗更加仔细地每天看着

它的绿叶成长

可是祖国与我是什么关系？在深深思考祖国之前

我应该坐在祖国的家里，还是应该

静静地站在祖国的门外？

我到底应该如何处理我这个自己？

想得太远，正如太多人想得太近

正如我的生命从来遥控在它的手里

我唱歌，睡眠，我甚至作恶和热烈地做爱

我几时脱离过它的控制？

太多的爱此刻像潮水涌上我开放鲜红的喉咙

民工或者商人，当官的或者在曲线中折腾的交易

扫地者，划船者，收税官和正在喝酒的外交使节

我看着社会那么繁忙地折腾着自己，那么多生命积极地

大步奔跑着向死亡冲去

我坐着看见这一切发生，我无言

我转身带着自己孤独地远去……

5

心里有你，眼睛才看到你

心里空虚，世界才露出丰富的身体

心里有水，滋润在世界之间才可能产生

心里有死，死才会走出来交出怜悯，交出你的时间

像最好的兄弟，它才会陪你慢慢回访你跌宕的一生

无声无息，甚至接受了你的叹息……

桅杆划过，鸟翅带起了一片微风，风之上

灵魂把大地一一回访

波浪的一生汹涌的争斗最后消逝在陌生的海滩，静静退下

一点点留下水沫的躯体，甚至留不住一粒细沙

心里有诗，诗就从手上流到了纸上

心里有爱，爱就会带来你诧异的悲伤

心里愤怒，一杯茶都会淹没生命

心里要告别了，就像现在

你读着这首诗，这些字

就像一只只手臂向你挥起，并且丰富地向你摇晃

要走了，我走后的大门会一一关闭

你是你，我是我

此刻连眼泪都一片清亮

闪闪发光

但迷茫的大雾统治着大路，而小路上

我又能找到怎样的故乡？

6

越来越近，正如世界发展越来越快，转眼之间

昨天的孩子长出了胡须

牌桌上的孩子们玩弄着科技，正如我手指上紧握着

钢笔

但是你的大脚踩向大地

你几乎盲目地收割掉一切的光荣、耻辱、高楼和皇帝

你一挥手，小草和苹果全部枯萎，你再次挥手

光亮的广场空荡荡通向了奇怪的梦境

我也是人间还在持续的奇怪梦境

我是，他是，只要你坚持看到了这里，你也会变成

一个标点，一句话，一捧撒在空中的迷幻的焰火

飘飞而且短暂，自恋而且自弃

在现代科技的奔跑中我看到老牛喘息在泥泞的田里

在半山腰读书的细小眼睛中，我看到未来狡黠的勾引

越来越近，正如我偶然看见街上的夕阳，那么圆满，
绯红

它把温暖的光线均匀地播洒在世界的身上

你的，我的，商店和河面上

一视同仁，不声不响

清扫工来了，甜的糖纸，青春过后的枯萎树叶，甚至文件

甚至精光闪亮的一枚戒指

我怎么样才能平静地面对扫帚的来临？

我怎么样才能无怨无喜地

跟着它的脚步轻轻离去？

7

不能不提到你，不可能我能够谈天，谈地，谈道德和
爱情

我谈完了世界最大的官场，神秘莫测的凶狠海洋

我哪怕最后谈到了亲戚，我还是不能不提到你

我的诗歌，我的命，我的黑夜和让我坚持到现在的

最大的信心

我愿意把你做成蛋糕，我愿意用我一切的

欣喜，悲伤和孤寂

我愿意把所有的时间做成你飘忽悠然的星星火苗

让它亮起来，死就死吧

我愿意让自己一点点烧尽在你的手里

8

山峰耸立，正如河流悠远地逝去，篷帆张扬

水波的手掌拍岸又离去

像一个句号，刚刚画好了最后一笔

一首歌

尾音落在了渔夫的网里

像最远的烟囱带着船帆彻底消失在人间的四季

我在白纸上挥手，我在电脑前挥手

树上的秋天一片沉寂

我坐下来，一个逗号坐下来

我还在呼吸

我抬头仰望着明天的消息

作于 2014 年

种
菜

——郊外，田埂上蹲下看菜农慢悠悠种菜，不觉入迷。

1

他种菜前告诉我，要事先想好，哪里先种，哪里又不能
随便下种，我都要想好，因为准备比行动更加重要
准备好了行动简单，准备不好不能随便行动

他手捧青菜边走边说，有些土壤表面很好
但看不见的里面，不知什么时候会碰到石头
跟白菜完全相反，坚硬的、根本不给你
希望的，一点点都会出来，这时候的青菜就像你
一直以来的平常生活，它会碰到难题
像我脸上那么多皱纹，它们从来不告诉我
从哪里出来，又要到哪里去，它们有它们自己的道路
我的困难就是它的起跑线，我的青菜一碰到石头

它马上出发，伸长，深入，在我的脸上
到处乱走。所以
哪块地方先种，哪里种下后又能收获
我都要事先想好，所以我经常来看这块土地
没办法，有时候我想，青菜绿油油地长大就是我的终点了
但是收获以后，这土地看着我，我就明白
其实我可能刚刚开始

2

我实在惊讶他的叙述，我走向他，看他种菜
忽然我想，他这些道理是土里自然长出
还是他像另一位卢梭？每天
在青菜和土壤中得到安宁？
我仔细打量他的眼睛，
有些浑黄，完全是一位中国的
老人，一位纯正的中国菜农
朴素地走在一亩菜地上，走在他自己安心的
基础上，要是这土地被征走造房
他会不会和土地一起消亡？

3

你看，他说，我的青菜很像河里的流水

一茬割掉了，又一茬长出来，好像没有终点

好像我的生命都浪费在青菜上了，但是

这一片方圆几十公里，我的青菜

谁不知道？我亲手种下的青菜

一棵棵都像城里来的贵宾

他们花钱，清洗，

还买油点火地仔细烧炒

他们都吃到了我的青菜，不说远的

我的名字就是我的青菜，他们都点名要我的青菜

所以，我种菜就像种我自己

哪一天种下哪一棵青菜

我都知道，就像我的孩子一样

种好青菜，过完一生

除了种好我的青菜，我还需要其他什么？

如果我和别人一样胡乱播种，那我就是没想明白

我到底要的是什么，那我的一生

真是浪费了

4

他弯下腰，像一张老弓向土地射箭，青菜短暂
但它会用尽时间拼命生长，把所有力气
都用在伸枝展叶和泛出青绿，就像他
寄托在种菜上的漫长一生，微笑
和骄傲，为什么，我站在他后面
看他躬身，下腰，一点点下种
细心地培土，日光照耀

为什么，却令我想起
世事艰难？我站在
什么地方？要是我站到他的前面
会不会联想到温馨的家园？

在他看来，每棵青菜都有它自己本身的故事
唯青菜是从，他将他的日子
一一过到了实处。使我沉湎

我们现在在做什么事情？

5

休息，我赶紧递上矿泉水，他摇手拒绝

从田边的布帽下捧出茶壶，我笑了

你把自己安排得很好啊，他坐下

我对生活要求不多，就干这

喝点茶，不像我的孩子

想干的太多，"文革"时造反

八十年代写诗，现在又去经商当老板

东奔西颠，一辈子都在别人的路上

他老是和别人一起奔跑，老想跑到别人前面

忧心忡忡，被别人的事情干扰和牵扯

像个瞎子，提着别人制造的灯

以为这样他的路上就有光亮、有风采

其实他的灯早被吹灭了，有风采的时候

就是起风最大的时候

我提醒他，他

看不见，还嘲笑我的无知

一辈子没有自己的灯，老走在别人的路上

老天都说，它没有感情并不表示它没有风雨

可是我儿子，外表丰富

内心却越来越冰冷

6

你以前干什么？我坐下问老人

我以前种花，唉，他说
可是我们那个年代的香味都已经死了

本来我想，人都一样
既然来到这个世上就没打算活着离开，要不是青菜
虽然没有花香，但是青绿
也一样，只要让我种植，有活干
我就喜欢

我这块土地虽然小，但足够我再干几年
我知道更大的地方，有人请我
但已经有它，我不想再碰到更好的
我不是不想有更好的地方
但这里是我的，我要
拿住，不放手
我只珍惜自己的地方

7

"风能进，雨能进，国王不能进"

我真想告诉他这句话，我真想说
它就像在描写他和菜园
但是我没说，万人丛中一握手，使我

衣袖三年香。我站起来

大爷，你说得真好

我向他挥手

下次再来看你

你欢迎吗？

大爷笑了：有缘的自然会再次相遇，无缘的

对面不相识。我跟着笑了

是我执着了

我回头看看斜阳，斜阳要下了

人到中年，这真是一次奇异的来往……

作于 2015 年

三十年三首大雪诗

半夜西湖边去看天上第一场大雪

　　此诗写于 1986 年 12 月，最后一句：忽然一片旧苏联的冬天。可是 1991 年苏联解体了，不存在了，没想到，一首诗竟然活得比一个国家还要长。真是沧海桑田……

我决定与城市暂时分开
孤独这块围巾
我围在脖子上
走到断桥想到
爱情从宋朝以来
已经像一杯茶
越喝越淡

在太平洋对岸的美国人

白脸庞黑脸庞交相辉映

希望是今夜下在头顶的大雪

让杭州在背后闭上眼睛

我站在斜坡

与路灯相见

亭子里楹联与黑夜交谈

远处的狗叫把时间当陌生人

介绍给我

坐到栏杆上

我的灵魂

忽然一片旧苏联的冬天

雪

比疆界更远。大雪

深深下落

他以轻松的步伐

走遍乡村、城市、烟囱和树杈

每年的最后

雪从空中向人间下落

雪以纯白飘动的步态告诉世界

他活着，始终呼吸着
直到死亡来临
——大雪向大地全面服从

从不大声呼喝，只是轻轻讲述
在时间最后的广场上
像一个奇迹，死过的大雪啊
经过欲望的六月，竭尽表现的
阴险春天
放肆劫掠后
衰残的秋季

又一次
他深深下落
在悲痛的大地
洁白一片
接着另一片，因肮脏而死
然后
又重新来临

是这样坚定活着，并且
始终呼吸着
从不大声呼喝，只是轻轻讲述
大雪向大地全面服从

开始于空中

再走向大地

在人类的生活中他最后完成

比疆界更遥远。我站在街边

我看着大雪向我下落

我想着宿命，我已经是另一场牺牲的大雪

在时间最后，我将痛哭

流泪

因为无限的大雪在说：

他就是我的未来，目前正是我的现在

作于 2003 年 12 月杭州

大雪

像心里的朋友一个个拉出来从空中落下

洁白、轻盈、柔软

各有风姿

令人心疼地

飘飘斜斜地四处散落

有的丢在少年，有的忘在乡间

有的从指头上如烟缕散去

我跟船而去，在江上看雪

我以后的日子在江面上散开

正如雪，入水行走

悄无声息……

作于 2016 年 1 月 21 日杭州大雪

散篇八首

我和革命越走越远

刮过太阳的鼻子，搭过村庄的肩膀
最后我来到天空的瓦片上

打开抽屉的心事，锉造钥匙的眼睛
最后我差点变成了木匠

驾驶过飞机，潜入到海底
曾经挽着带鱼唱歌

曾经把虾仁当美国吞下
曾经举手掌挥舞家乡

认识月亮的版图，访问过大雨的厨房
用小号把冬天全身吹亮

和栏杆一起微笑，坐谈非洲的头发

曾经像燕子一样优雅

和狗熊一起下棋，与香蕉一起叹息
我和我是巴黎的两户人家

站立山顶

鸟叫去山林，峰顶上

翘首望去看不见眼睛，眼睛在

高蹈的白云与苟蝇的爱情之间

浑然睁开，忽然睁开

划翅的鸟叫划过白云

峰顶之上

看不见眼睛，眼睛里一片避世的山林

又有一只鸟划翅而鸣叫，跟踪之后

那是我的啼鸣

也展翅

也欢腾斜飞

并且上上下下、偏偏斜斜的

一时之间

甚至滑出了

社会主义山下的眼睛

书

书带着我离开木椅、门楣，书带着我飞
死亡与一件袈裟住在山上
我的回忆居住在影子倾斜的楼中
沿着黄昏衰老的人
向空中说出了姓名和一把灰

在诗中，我爱着一块布和蒙眼的走驴
我飞起或者跌落
总是在人类的碗筷之外
我低垂眼帘和时间并着肩在街上走
我将我的马献给光，将我珍藏的手
献给被黑夜禁锢的星星
给可怜的冬天一碗水

我在我细小的眼睛里坐下来，他里面有天空
我的灵魂是一棵树和一把土
我把自己疏忽在桌子上
灵魂带着我飞，他使我的脚离开大街
他带着早晨在每一个城头插秧

追
踪

我看着网上的东方古卷、西方生活
恍若梦境，我阅读
并且思考
像一柄笨拙的老锄头
辛勤挖掘在早经挖掘的土地上……

我起身，孩子哭了
我开始挖掘孩子的尿包、米粉
像对付一生中从未有过的凶狠敌人
我阅读，并且满屋子
追踪一只
咬我孩子满脸是包的黑头蚊子

我这样过了半生，鸟腾离树枝
翅膀划了一下天空

几乎是一场梦想

如果西天的一支歌和星星之间，我不能摘下

我的面具，我手指在琴键上

不能击出让大海倒退的阔大天空

我不能让陶罐在我的家里发出利剑耀眼的光辉

我不能感动你，抓住你

直到我的高塔将你的灵魂一把抓走，

我的笔将在泥中缄口，我的脸

瓦上的青烟吹散

蓝色海洋的小提琴，我纸张的演奏

我一遍又一遍绕过月亮的深情倾诉，

如果一支歌和星星之间，你依然

带着茶杯握手，我所有的庭院

在你曲折回廊的微笑和迎接下

光辉像一场梦想

被观众的手帕轻轻擦去

抓住风的手被门槛阻挡，如果我不摘下我的面具
在西天的星星和一支歌之间
我不能让你的铃铛，在我的门楣下
清脆地敲响瓷器的芬芳

钥匙即刻将我打开，灰烬即刻将我带走

死

我将消灭年轻，走进庄严的死
怒放春天的花，大海的激情
我将拔去他们赞美的根

在孤单的月亮下，我将摔碎八万只瓷瓶
把怯懦踩在鞋底
在一大碗酒中将嘴唇缄默

走进庄严的死，众口高颂的太阳是另一种死亡
他是只鸟，生命的辉煌是无依的翅膀

像钟瓷一样无言，我走上台阶
庄严的死，使每一条舌头都遗忘在家乡

站在黄鹤楼上

已经有太多的姓名、烟雾、史记和沮丧……

大江像我的大爷早已丧失了生存的方向
大江向任何可以流淌的地方
随性地流淌……

倒是有几缕水草还在伤心地发绿
岸上几株树苗
还在无望地等待春天的鼓励

越过更远的山峦，我睁大的双眼中——
我的国家和我的这条命
短暂的痕迹在江上的迷雾中

楚吾尔

——楚吾尔是图瓦人的古老乐器。一管大拇指粗细的空心草茎伸入喉管，声音从喉管深处悠悠地传出，极为苍凉和沉厚，仿佛历史正一步步从这声音中重重走来。不知为何，在蒙古包中，我一听到这声音，立刻呆住，一种要从心底里流泪的感受不断涌出。图瓦人没有文字，也没有历史记录，目前他们被认定是蒙古族的一个部落，各家神龛上都挂有成吉思汗的画像，他们的起源至今是谜，有人说他们是成吉思汗西征时遗留的部分老弱病残士兵，逐渐繁衍至今，也有人说图瓦人是为成吉思汗守陵将士的后人……不知为何，我很相信他们就是为成吉思汗守陵将士的后人，因为这里风光太过优美，只是后来，成吉思汗死后没来，而他们就一直坚守在这里，祖祖辈辈，坚守到如今。楚吾尔就是这种太长久的期待和希望的声音。

所有的耳朵都飘下泪水，落下了倾听、遐想、悲咽的过去……

是哭，是从过去回来

是一个民族咬紧牙床，从骨头缝里

灵魂吹出的一股股冷风

是浩大的哭，幽怨悠远悠长的哭

是被死逼的石头压住了喉咙，是四处倾诉

却又无处可去的呜咽，在茫茫草原上

吹着冷风，冻着骨头

是大雪以飘零飘飞飘荡的姿态告诉大地，

他正一点点消失，一点点死去的寒冷的消息

是我哭，在灵魂的骨头缝里

我全身被吹成了一缕缕冷风……

小文九篇

诗歌和诗人
——2009 亚洲诗歌节小记①

亚洲诗歌节，顾名思义，就是一个亚洲诗歌的节日。有意思的是，现在都在说地球村，似乎连地球都显得很小了，似乎连地球都像从前的一个小小的村庄，你在村头前院大喊一声，村尾家的小妹妹就会出来响应你。但事实上是不可能的，那更多的只是广义上和口头上的一个说法，你若要具体地、微观地去接触，不要说一个国家，就是一个人，也够你花尽心思也未必就能理解和产生共鸣的。飞机来回得再快，那也只是飞翔在天空，但你要进入一个

---

① 日本的《现代诗手帖》杂志在 2010 年 2 月号上将发表亚洲诗歌节的诗人专辑，除了诗歌，还要求每位诗人赶写一篇 1500 字左右的感想文。此文便是应时而作。

人小小的丰富的心灵世界，飞机是没有半点用处的。这时候，诗歌出现了，它像一道电波、一个眼神、一个充满深意的人类的微笑，甚至一阵响雷、一片细雨、一朵花，总之，它不需要外在的承载，不需要全体人类的振臂欢呼。说到小，它似乎只愿意在亲近的小氛围里诞生，在心灵和心灵之间，在朋友和朋友之间，甚至只在一个人的内心、在浑黑的半夜、在台灯和眼睛之间出现。但要说到大，它却可以瞬间就穿越千山万水，什么飞机，哪怕导弹，更快的光速也只能在它的速度下甘拜下风，无论地域，无论贫富，甚至无论古代和现代，几千年的时间它一笔带过，忽然就站在了你的心里。

所以，当我在诗歌节上看到蒙古国诗人们穿着他们民族的盛装低沉而婉转地朗诵，当我们来到黄山，看到乌梁海（蒙古国诗人）情不自禁地手指点水，上敬天、下敬地，这些电影中似乎才会出现的场景，那种因为诗歌和诗人的关系，又因为诗人和地域的相遇而产生的交流和默契，一个国家、一个民族的接近就如此自然地发生了，它几乎就像鱼与水的关系。研讨会上，G. 阿尤勒丈（蒙古诗人）反复强调蒙古诗歌中的草原、羊群、湖泊、日、月等大自然风光和美丽的女性以及爱情，无论世界经济再怎么发展，无论世界的城市化进程多么地难以阻挡，他们以及他们的诗歌就是这样一直坚持着这种传统的中心。他们吟唱、喝酒、舞蹈，就是坚持着这个基点。那种现代世界的忧患意识，现代人类的黑暗感和现实的烦躁，卡夫卡之类的谨慎小心和敏感，似乎离他们极为遥远，甚至似乎永远不会出现。

不一样吗？不一样！但正因为这种完全的不一样，人类丰富了，诗歌丰富了，诗人的领域也就更加地宽广了。

同样，我看到日本诗人藤井贞和温和的微笑，而他却在诗歌中那么沉重地写下：

把"黑夜"放在庭院里
按照这种方法，
摆放"桌子"
我突然想。

这种节奏的跳跃，可以把"黑夜"直接地放在庭院里；这种超现实的诗歌手法，或者说这种直接来自唐诗的笔法，正是因为中国和日本这两个国家的文化传统曾经那么接近，以至于几乎不需要更多解释就可以直接理解或者获得感受上的共鸣，不能不说它就是一种诗歌的恩惠，它几乎超越了语言。接下来："按照这种方法/摆放'桌子'/我突然想。"一切都顺理成章，一切都像你自己的手下出现的诗句，甚至这种"我突然想"的断句，他思维的回缩和停顿，都显得那么地自然和熟悉，他不再是那位你以前不认识的日本诗人了，他几乎就成了你一直熟悉的一位内敛的朋友，从诗句中静静地、沉沉地走来。晚宴时，日本青年诗人久谷雉起身舞蹈，无论身边多么热闹，多么喧哗，他丝毫不受影响地久久舞蹈在他自己的欢乐中，这时，我身边的一位中国诗人说："他已经完全在他自己的世界里了。"而我们一听，马上就都觉得说得极为准确，而且全都能够理解了。这种情景之下，都不需要任何语言了，它本身就已经显示了一种人类的共通性，而千百年下来，在中国和日本，这两个不仅文化、语言，甚至连地域都那么接近的国家，这种切身的理解就来得更加地没有隔阂。

忽然想，诗人就像是一座桥梁，一个通道，一个为人类保留美好情怀的纯真的孩子，只储存善良、正道、友爱和幸福，甚至连痛苦都是那么地透明、清澈！其中还有希望，甚至，还有大道沧桑！

由此我想到，本届亚洲诗歌节的主题"地理与诗意"，这名字取得多么地准确，多么地令人忍不住要跷起大拇指说一声："好!"同时我想，这美好的名字一定是一位诗人取的，除了诗人，你难道还能想象会有另外的什么人能够取得出来吗？不会。

九句话

1. 我曾经喜欢美国诗人罗勃特·布莱的一句话，他说他最终理解到诗是一种舞蹈，一种从悲痛中飞出来的舞蹈。他这样讲，一定是基于创作的快感与审美的考虑。我现在觉得这还远远不够，因为这个理想逃离痛苦、害怕、矛盾和启示，我现在很难想象真正优秀、伟大的诗歌会缺乏这些元素。布莱的理想美好、纯粹并且迷人，但随着年龄增长，我觉得他单薄和片面了。

2. 我希望找到的每一句诗、每一个字都是从艰难生活中提炼出来的一串血、一滴泪、一段梦想、一声叹息和一次惊醒，它必然充满沉思、向往，深入人心，且是现实存在的反映。它是生命内在的视野，是一种经历、体验、观看的沧桑与总结，在总结中发展，开阔新的存在与启示。

3. 我现在反对辞藻华丽的诗，那是制作；

还有浪漫的抒唱，那是人生的泡沫；最后是才华横溢，这个词误导和害死了多少本可以成才的青年诗人。

4. 情感，这是一柄两面开刃的利刀，幼稚与不成熟的诗人很容易受伤害。为什么我国的许多诗人和许多诗，都把情感当成了生命的归宿，诗歌的唯一家乡和泉源？这恰恰是一种障碍，一块挡路的巨石。在此，多少人将诗歌转向了发泄（正面的和反面的），又有多少人青春的才华一尽，便再也写不出像样的作品？这也是我国的诗人为什么诗龄短，给人造成只有青年时代才是写诗的年龄的错误的传统认识。

5. 诗当然需要天分，而且几乎可以说诗歌是所有的艺术中最需要天分的一种。但若整天躺在天才的自得中，最终是写不出伟大的作品的。我们需要做的是把这种天分变成水源、养分，来灌溉和培养诗歌这棵娇嫩的树；我们必须天天这样小心，谦卑、刻苦地从事这份工作，只有这样，我们的诗歌之树才有可能结出无愧于我们天分的果实。这也是一个现代诗人必须经历的艰难过程，并且，这也是他生命的寄托与荣耀。

6. 只要是民族的，便是世界的，而且，越是民族的便越是世界的——前两年流行的这句话带有极大的欺骗性。试想，印第安人、因纽特人，他们都是纯粹的"民族的"，但他们显然不是"世界的"和"时代的"，他们充其量是世界的一道风景，是这个世界的聊备一格。真正世界的是人，任何民族、任何国家，是这样一种人，正如马克思所说的："一滴眼泪在这个世界上任何一个角落掉下，整个世界和大地都会为它轰然鸣响。"一种同为人类的共同命运的敏感和共鸣，是具有这样一种生命内涵的人。

7. 诗歌的完成必须向着自己的内心深处。它像是一种引领，一列火车，它带着你观赏，它的目的性不明。它只是倾诉与说话，你听到了这种倾诉，你为这种说话所吸引，你走入了话语的内容之中，不知不觉地，你会发现，其实你已经加入了说话的行列，并且你可能已经在开始向它说话，通过它又向着自己的生命说话。就这样，一首诗，才真正地完成了。

8. 历史在人的面前如果表现出相同的面貌，那就不是真正的历史。经过我们的努力，如果诗歌的历史也表现出相同的传统，那就是我们的失败！我在这里提出的是个性和风格，只有重视这一点，我们的历史才会丰富，我们的文学才会繁荣。

9. 一个现代诗人的宗教应该是他自己和他的诗歌。他小心虔敬地侍奉自己，是把自己视作一块土地。他更加虔敬地侍奉诗歌，是期望诗歌能长留在他的这块土地上。他自己遭遇的一切：政治、经济、宗教、情欲、际遇、梦想、挫折和悲痛都化作了他自己这块土地的养分，他努力侍奉并始终期望着。这便是一个现代诗人应有的宗教。

（此文原载《诗是什么——20 世纪中国诗人如是说》台湾尔雅丛书 75）

一种节奏缓慢的诗

　　我忽然想写一种节奏缓慢的诗！一种完全是由内心在说话的诗！它不同于用情感说话的诗。用情感说话的诗，在我看来，是那么地轻率、毫无意义和缺少价值。

　　节奏迅速，像海子临死前的诗，于我是多么地遥远，我似乎明白了我为什么觉得海子的价值有问题，因为他未能触及我所认为的"永恒"。一种人生的认识与现实的态度，在海子是缺乏的，我想找到的每一句诗、每一个字都必须是从生活的海洋中提炼出来的一滴血、一滴泪、一段梦想与一声叹息，它必然是悠长的，充满回忆、向往，深入人心，是现实存在的反映，它不可能是快节奏的。快节奏的诗是瞬间的喷涌，我希望的诗是生命内在的视野，它是一种"看"的经历、沧桑的总结，在总结

中发展，开阔新的存在和启示，这些，快节奏
是做不到的。

所以，我也反对辞藻华丽的诗，那是制
作。还有浪漫的抒唱，那是人生的奢侈、浪费
和泡沫。

我希望在诗中出现的是一整座实在的山，
一片粗砺的石滩，一间瓦房，一盏灯，一座充
满孤寂骚动和冷漠的城，一整个大陆和一个
人……他们在人的生存经历中必然是切实存在
的，每一物体都必须独自领略过风吹雨打，每
一个词的出现都是一段生命的呈现。"让意象
在一条看似毫不相干的线索上各自发光"，罗
兰·巴尔特论述的现代诗创作的意义也便是此
种诗歌的内在含意。

所以，一首诗是一长段生命的显示，它是
生命而不是情感。

浪漫的爱尔兰早已死去
跟随奥利德进入了坟墓

叶芝这两句诗好就好在是一种证明，一种
沧桑的总结与启示，而情感仅仅是穿在诗表面
的一件衬衣。但我国的许多诗人与许多诗，却

都把情感当成了人生的归宿、诗的家乡与源泉，于是，想象被推至极端重要的地位，而这种态度又恰恰证明了我们许多诗人的幼稚与不成熟。

这是一种障碍，一块挡路的巨石，在此，多少人将诗歌转向了发泄，一代又一代，又有多少人青春的才华一尽，便再也写不出像样的作品。这也就是为什么我国的诗人往往诗龄短，给人们造成只有青年时代才是诗歌创作年龄的错觉。这样一想，我们现代诗的前景是可怕而又可怜的，"我们的诗人还在吃奶"，冰心女士说，只有老了，我们才能看出他是不是一个真的诗人，说得多好！

一首节奏缓慢的诗，在我看来，几乎是享受上的一种奢望，因为那是一个诗人语言表达的方法与独特能力的展示，以及那不为人知的生活遭遇与态度的精湛结合，是一种让人难以回避的演出。它与人有关，与整个人类有关。在这样的演出中，我们会随着诗人的脚步一起踏过泥泞、黑夜与木桥，我们会和他一起惊奇月亮的升落，爱情的兴衰、沉思和感慨。在这样深沉的共鸣中，我们觉得我们和诗人活在了一起，和他一起笑、一起哭。不知不觉中，拓宽了我们的视野，增加了对生命的认识与感受，我们的生活中又多了一个人。这些，全是诗歌带来的恩惠。这也便是我此刻认识到的诗歌的力量与任务。它是帮助人、关心人，是绝对以善为基础、以感受为出发点的一种人类存在的记录。而一首快节奏的诗，是无法完成这个任务的，一首快节奏的诗是强制的命令，是大喊大叫的征服，它情绪强烈，目的性明确，它一定不是发自大脑与内心的。

而一首慢节奏的诗，却像是一种引领，一列火车，它带领你观赏，它目的性不明，它不强制，它只是倾吐与说话，你听到了这种说话，你为这种说话所吸引，你走入了话语的内容之中，不知不觉地，你会发现其实你已经加入了说话的行列，并且可能已经在开始向诗人说话，通过诗人又向自己的生命说话。于是，在这种分不清彼此的共鸣回答中，一首诗，才真正地完成了。

务尽险绝的诗歌叙述

一种诗歌的叙述，几乎是超然的。众多的人包围着世界的核心，众多的口在时间中沉重地论说着大街、饮食、短小的欢乐以及灾难。对于实存的现实，几乎所有的灾难与喜悦，都是依附在旁人的眼里和活动中的。而最最孤寂的灾难与长久激动的欢乐，却是在诗歌的内部：

我小小的心　为世界的反复存在而长久疼痛

精神始终保留在瓷器的反光中，这种针对聂鲁达海洋底层的黑暗而被耶可布森所提出的瓷器上的反光，正是使那些从事精神生活的人得以存活的理由和家园。但现象的沉重我们却无可逃避，在沉重广大的手下，所有的理性思索都显得稚嫩、天真和文不对题。哲学始终是面向沉重，和准备在沉重中开出一条路的努力，它必定要走上对现象的思索、提问和解决的方法这样一条有轨迹的道路上去。而诗歌的叙述却几乎是突如其来的，不能用道理来限定，它确实像一种神迹、一种神圣的降临和一种缪斯的寻找、拜托，在一种使人升腾和飞翔的光芒中，将叙述的心情和声音，通过具体的一个人，通过他在众人之中的生命将之表达和歌唱出来：

太阳，它的轴在我身上
它完整、清晰，正在叫嚷

希腊的埃利蒂斯在《英雄挽歌》里是这样唱的。

可上九天揽月　可下五洋捉鳖

这种思想和叙述上的冒险，像一把尺，或者一架桥，将优秀的诗人腾起递送到了最长久的欢乐和孤寂的灾难中，而非优秀的诗人，则被留在了对岸。

务尽险绝的思想还表现在对于沉重的态度。一种历史的沉重和辉煌对于在时间中取妥协态度或者甘于淹没的人是一座宫殿。这宫殿的庄严、雄伟，它的琉璃瓦、曲折回廊会成为他的心灵之家，成为一片树叶，挡在他眼前而无视现实的沸腾和低陷。将时间取一种阶梯、跳板的人，未来才是他的天空（我们早期朦胧派的许多诗人便提出过这种口号）。问题是，往往在这种态度的天空中很难见到与黑子并存的太阳，因为夜晚才出现的星星。而只有将时间视作眼前的实体，它的一分一秒都是在与人类的战斗中获胜的凯旋梯队，它遭遇到人，战胜了人，然后将人遗弃而离开，并且它的队伍铺天盖地，永无尽头。只有深知这种阵营而奋起斗争和起征服之心的人，这种明知"没有希望却仍抱有希望"的人，他的生命中才会存在一种诗意的冒险。对于政治来说，这将会出现一种为人类谋利益的思想；而对于诗的创作，更多的将是从死亡出发，将死亡推到再生的基础上，个人发出的声音便成为整个人类所需要的声音，虚幻的上帝形象也变得有迹可寻。而四平八稳的艺术态度便销声匿迹，在这里，我们也会看到纯粹美学的软弱和死亡。代之出现的，将是人的纯粹本质、有骨有肉的身体，是灵魂的上天入地，和一种精神在现实物体中的遭遇、矛盾、融会和穿梭，直至向着光辉澄清的那个点上的飞翔的轨迹（有趣的是它针对着时间，却又取了时间行路的方式）。

务尽险绝的诗歌叙述，又像一个充满惊险情节的神奇故事，问题是，故事的终点是听众的满足，而务尽险绝的诗却近似一种要求、邀请和引领，它的终点是使人们看到在自身的存在中，将会有怎样的一片辉煌，它将是一种可能性的召唤。

"他是个完美的诗人，他为我们指出，在全世界处于危机的时刻，诗是多么有用。在这方面，他跟马雅可夫斯基相似，让诗为大多数人服务，是以力量、温情、欢乐为基础，以真实的人性为基础的。没有它，诗只能发出声音而唱不成歌。阿尔贝蒂的诗永远可以唱成歌。"以上是聂鲁达在纪念阿尔贝蒂一文中的结尾。在我看来，这里有两个概念需要澄清，即诗人和诗。聂鲁达在论述阿尔贝蒂时说了"他是个完美的诗人"，而在论说他的诗时，却说到了"有用。为……服务。力量、温情、欢乐。人性。以及真实和歌唱"。在这里，他没有说到诗歌的完美。聂鲁达一定明白，完美不是评价好诗的尺度，诗与完美无关，正如黄昏对于老年人，诗写得接近完美便等于宣布诗歌远离了生长，远离了生机勃勃的本真的生命和自然。完美的诗歌写作也如同闻一多的戴着锁链跳舞。在这里，冒险会被认为不成熟和实验，而务尽险绝的诗歌创作，这种创作的真正意义也会被视作远离艺术而加以摒弃。诗歌是艺术品还是生命，这在当今大量的评论文章中也显出人们的困惑和一片糊涂。我们的现代诗创作在读者眼中失去标准和陷入普遍的混乱，这也是一个重要的根源。

诗歌的贡献与出路

　　城市作为一块麦田，已经无可奈何地进入了我们的呼吸。人与大自然的斗争，与麦苗生长的盼望和痛苦，已经不可挽回地变成了人与人的斗争，与严谨的工作制度、庞大的水泥钢筋楼厦的反抗以及随之而来的苦闷。人类等待丰收的喜悦、饮酒跳舞的欢乐情趣、散步南山的怡然心境、月朗天青的明亮歌唱，也已变成了追逐功利、金钱、地位的担惊受怕与狂野变态的野心与孤傲了。

　　现今的痛苦是不值钱的，这正如喜悦一样，激动与兴奋更是荒诞并让人反感，每日城市中公共汽车载着人们来来往往，在我看来，就如大群蚂蚁看见一粒米饭、一块面包、一只不能飞动的苍蝇，而大举出动，匆匆忙忙地进行着搬运的工作一样……

诗歌干什么？诗歌还能做些什么呢？退回到孤单的宁静中去吗？在一个静谧的下午独自凝望一棵树，直至默默地流下眼泪？观看一片原始风景，感到心中一阵阵疼痛而口中喃喃？人是被破坏了，被分裂与粉碎了，我甚至可以看见一只野生猴子站在山上高傲地仰着下巴望着人类而发出嗤笑，美丽而平静的老虎简直连态度也不想发表。

能怪天空无情、时间无义吗？天空、时间为什么要对人有感情、有义气？人，值得吗？自二十岁以来，我一直像一头被蒙了眼的驴围着这些问题团团转，在这样的情况下，我还依然没有生病（真的没病?），没有死亡，那实在是因为诗歌的存在。我把我所有的冲突、后退、徘徊、发现，甚至跪倒与逃跑，都推到诗歌的肩膀上去了，诗歌它承受下来，并且还由此生长起来。我的《荡荡荡荡我躺在蓝天大床上》一诗，其实也就是"冲突＋逃跑"的一首诗，在这个世界上，作为一个诗人他无路可走，甚至，无路可逃。所以，我选择了天空作为一个出路，但这也仅是一次自欺欺人的梦幻的安慰。我选择月亮作为生我的母亲，作为我唯一可以倾诉的家乡，因为她冷清、孤单，在夜空中也一个人孤零零地飘荡。（我从 1987 年开始写的一首组诗《告别地球》，就是这样的一次含着眼泪对生活中各种意义的离别的叙述。）

但是，诗歌就只能在这样的圆圈中旋转吗？我看到艾略特最终坐到了宗教的凳子上，他终于闭上了忧伤的沉思的眼睛。宗教给他庇护，给他休息与安宁。艾略特用诗歌这双眼睛平静地看着人世间的争斗、折磨、哭泣与哀伤，他自己便也趋向了平静，因为什么都有了解释与出处。

但是平静又仅是诗歌的贡献吗？得到解释与出处是诗歌的目的吗？

诗歌是属于人的，但人又是属于谁的呢？如果人是属于自己的，那么诗歌在自己的泥坑中必将越陷越深，直至弄得浑身肮脏、发臭，不可挽回为止。（关于这一点，可以读一读国内现在所谓的现代诗，大部分的现代诗都是在污染人，把人往黑暗的泥沼里推，极少有透出空气、阳光和生长的气息的。）自己又是属于谁的呢？难道自己不是一只渺小丑陋的蚂蚁吗？我们的诗歌应该不断地离开人，还是应该不断地恢复人，帮助人，升华与指引人？但是，又怎样恢复，用什么东西来帮助，往哪儿指引呢？诗歌，它绝不仅是一个语言与技巧的创新的问题。

诗歌到底能干些什么？

就诗而论，无论华兹华斯，还是庞德和艾略特；无论惠特曼还是奥顿，哪怕是叶赛宁怀着扫荡和征服西方文化的雄心而站上德国酒吧的桌子大声地朗诵自己的作品；无论是艾米莉的孤寂写作，还是赖特们的隐居深山，哪怕嵇康的长啸和李白的醉歌，诗人无论采用何种奇特而又惊世骇俗的处世方式，有一点却是永远不会妥协与改变的，那就是一种个人的精神与独立的态度。这种诗人的精神我称之为诗歌的精神。它所揭示的真正的意义为："个人的我是无可替代的，它有独立的价值与完全有值得骄傲和推崇的理由。"

诗人为此努力并穷尽一生，并毫不吝惜地献出自己的一生，直至为此努力而生，而死，而饱经沧桑，而受尽苦难。这一点，古今中外有许多可泣的诗人之死已足可给以充分地证明。这种诗歌精神的意义的阐述，在罗兰·巴特的"零度写作"的风格论中，在里尔克的《给青年诗人的十封信》中，在艾伦·退特的《论诗的张力》和艾略特的《玄学派诗人》中，以及在刘翔先生的《重建当代诗歌精神》中，甚至在布鲁克斯倔强的《悖论语言》中都可以找到丰富而有启示的展现。

但是，这种诗歌最基本的规律不知何时竟可以被完全地忽略不计，就像我们的新诗是可以从完全陌生的地方生长出来的一样。或者是我们觉得早已被强奸过的人不可能在同一地方再次被强奸一样。而现在，这样糟糕的现象一次又一次地出现。这不能不令人警惕与注意，并深想，它背后到底有什么更深的原因？这种驱动力一再复苏的根到底深植在怎样的一块土壤上？

非黑即白，不是一，就是二，不是好，就是坏。这里面的含意再清楚不过，世间万物，从来没有也根本不可能有第三条，或者是中间的道路可走。这种非一即二、非二即一的思想，其根本的出处在于必有一个要占据山头、主流、领导，或者叫什么话语权的控制。而另一面则必须是臣民、仆从、听从命令和被压服者。

斗争由此而来，而许多的灾难也由此而来。这是被历史不断证明的一种悲哀。

事过境迁，几十年过去，我们当然明白，这思想的根源乃是一种政治的需要，或者是一种策略，一种为了达到使己方更大、更好的生存的可能而选择出来的、属于攻击性的指导方针的说法。

曾几何时，我们认为早已经过去了的，没想到又重新回来，而且更为令人惊讶的是，在诗歌创作这样一个本属于欣赏和创造的领域，这样一个本与占地盘、拉人马实属两极的领域，这样一个本应是唱和、共鸣、感慨与共同探讨以最终达至生活与灵魂两路相通，而使人生更感谢其生命的存在与丰富的领域，突如山川和草圃中冲进一头莽原的狂兽，一切都变得那么紧张、恐怖，非此即彼，非朋辈即敌人。诗歌的写作竟然变作了一个政治的角斗场，阵营是那么地鲜明，而且又是那么地充满狰狞，人性恶的大张扬竟然与周星驰电影中嘲笑人类竟然还有以羞耻为耻的境地一样。

善良的人被开除了，缄默了，甚至连旁观

都要付出被检查的代价。这种由上而下的指手画脚如果你不习惯，那么，对不起，你只能离开这个本被称之为"人类最后的良心"的阵地。而良心本身在这里再也无人谈起，就像以羞耻和卑劣为荣一样，反过来，便是以良心为耻，为不能承受的肮脏，而唯恐避之不及。

另一个问题便是冷漠大面积降临，人与人之间最起码的问好与相安平和在诗人中竟然也需要经过思虑、选择和掂量之后才能做出行动。策略、策划、计谋、方案，这些本属为达至某一种目的而采用的阴术，也堂而皇之地登场亮相，不掩饰、不隐瞒，竞争社会，胜之为最终目的。功利非为经济领域与企业所独占，聪明的诗人聪明地将之引进诗坛，并加以辉煌而灵活的运用和发挥。

我们的诗歌要干什么？又想要干什么？问题的根本是，诗歌到底又能干些什么？

在越来越偏的道路上，用荒石和瘠土堆砌一个沙场，无数的人在那儿忘我地舞刀抢枪，假以时间，假以历史，会否又弄成一个教训？一个以牺牲青春和宝贵的光阴为代价的糊涂闹剧？

生命有限，诗歌自有它独立的尊严与优劣

的标准，若你优秀，你自心内清楚，诗歌只能细心地侍奉，你虚假一分，诗歌自也还你一分，不会多，但也刚好不会少。

诗歌的孤独

——创作的经历与读者的关系

　　罗兰·巴特在《写作的零度》中提到，当人们问瓦莱里为什么不发表他在法兰西学院授课时的讲义时，他回答道："形式是值钱的。"在这里，瓦莱里显然是表明了他对他的精神创作成果的珍视，他认为它是唯一的，是难以替代的。这样的回答，也表明了瓦莱里难以容忍让这种精神的唯一性变化为大众的审美。换句话说，就是瓦莱里难以忍受瓦莱里大众化。这样一来，当我们在这里提出"诗歌的孤独"这样的问题时，我们的态度似乎应该像瓦莱里一样自负地自我欣赏与暗自高兴的，但提出后的现实却与此期望截然相反，当我们说出"诗歌的孤独"这五个字时，它却得到了大量的共鸣，这种远出瓦莱里意料的回答，证明了诗歌的孤独早已经普遍化，也说明了现今"形式的价值"已经不太值钱了。

这样的现实，便使得我们大量的正在创作着的诗令人们产生思考，而最明显也是较容易找到的答案便是这种孤独是由于现今社会的经济大潮盛起而个体遭冷落的一个客观事实，或者说在这种潮涌中，人们的思考与趣味不再在于探究自身以外的世界，甚至连生、老、病、死这样的客观现实人们也不屑于或无时间、无精力再去从思想上与情感上照顾它了。对于这些人，现实就是眼前的存在，而看不见的一切均为非现实的，连眼前的现实都来不及完全拥有，哪还有其余的兴趣与精力去探究此外的存在呢？于是，这些表面的事实便构成了这些诗人悲叹的原因。而另一类诗人，为了更"接近现实"便投入了怎样愉悦读者，读者喜欢什么，怎样为读者写作等等令现今的文学界百般头疼而不断提出的问题中去了。（另外，福楼拜虽然把资产阶级的生活方式视作缠绕作家的不可救药的恶，但他不也明确地加以全盘接受了?!）于是，怎样的文学表达方式是"群众喜闻乐见"的这样的问题便吸引了大量的苦闷创作者，当其中一些人冲破了这层苦闷，以简单的逻辑和普通的情感获得大量的读者与反响时，这种不甘寂寞与孤独的现象却又构成了前一类诗人的另一层悲哀与愤怒。

但问题是，写作的喜悦与迷人的力量到底是在什么地方呢？这样一问，这些"被"悲哀的人开始喜悦起来，因为他们找到了一种反质问的理由与自解的方法。而那些正在悲哀的人却表现出一片迷茫。

如果找到了写作的真正的自由与快乐，那还会悲哀吗，还会孤独吗？回答是，依然是悲哀、孤独的。但不同的是，这次他所悲哀与孤独的内容与对象却起了变化，因为这种孤独与悲哀是自己面对自己提出的，故而它是积极的。在这种想方设法战胜自己的过程中，他得到了愉悦，但自己却又是永远难以完全战胜的，所以，他又将面临新的难题。他不断地战胜难题，又不断地面对新的难题，他的敌人永远是自己。于是，在这种不断与自己战斗的过程中，他几乎已忘记了孤独和悲哀，因为，他从此有了一个强大的对手，一个神秘又迷人的对象——他有了一个自己。他从此不再孤独与悲哀了，看起来是这样，但其实，他依然是孤独的、悲哀的。只不过这一次的孤独与悲哀是别人已经看见的，而不是他自己所强烈感受到的了。

这时候，他的遭遇与背景已变换了内容与性质：他身处于他自己的孤独与悲哀中了。在这样的处境中，有一个新的现实出现了，那就是：他充实了！换句话说，他的悲哀与孤独有了内容了。他的现实都在这种新的内容中不断扩展，他的生命也便在这种现实的扩展中不断生长，扩大。但是，他越扩大，他就越是遇到新的更壮大的自己。（在这里，自己是难题的一个表现形式与承载。）

这样一来，他就几乎忘了自己，剩下的就是怎样不断地向着自己发起冲锋，超越自己。结果，他回首一想一看，那些早期的孤独与悲哀再也引不起他的兴趣了，而读者与现实中的目光与态度也已成了一种陌生的环境，一种与他分开的世界，他们忽然都与他无关了。于是，他微笑了，他自以为已经战胜悲哀与孤独了，他自以为他现在可以欢乐与喜庆了。（形式的价值在这里通过相反的命运获得了肯定与胜利。）但当他真想好好欢乐一下时，却发现他自己，它并不欢乐，他也并不能彻头彻尾、自由自在地像只腾空的小鸟般把大地一脚蹬开，想怎么叫唱就怎么叫唱，他还是离不开现实，离不开他眼前这种他自以为早已与他无关的、陌生的世界与人群。他们还是存在于他的身边、脚下和不断的呼吸中，他难以摆脱。（他其实从来没有摆脱，以前他只是无视罢了。）这时，他又想到了人，人的多方面与丰富性，他又开始追问起人与创作的真正关系。问题是，这种关系他却早已忘干净了，他自以为他是不会再去关心，不愿花时间去思考了，他自以为他早已超越了这种关系。但现在，这种关系又一次来到了他的心中。于是，他又一次沉入了悲哀，这样，他被又一次带到了孤独的面前。

思维的局限与诗人的困境

一支歌出现了，许多嘴唇在唱，许多嘴唇沉默。

我记得台湾著名的诗歌评论家叶维廉先生在他的那篇精彩的《东西比较文学模子的运用》一文中曾引用过一个寓言：从前，在水底里住着一只青蛙和一条鱼，他们常常一起泳耍。有一天，青蛙无意中跳出水面，在陆地上游走了一整天，看到了许多新鲜的事物，如人啦、鸟啦、车啦，不一而足。他看得开心死了，便决意返回水里向鱼诉说一切。他看见了鱼便说，陆地上的世界精彩极了，有人，身穿衣服，头戴帽子，手握拐杖，足履鞋子。此时，在鱼的脑中便出现了一条鱼：身穿衣服，头戴帽子，翅夹手杖，鞋子则吊在下身的尾翅上。青蛙又说，有鸟，可展翼在空中飞翔。此时，在鱼的脑中便出现了一条腾空展翼而飞的鱼。青蛙又说，有车，带着四个轮子滚动前进。此时，在鱼的脑中便出现了一条带着四个圆轮子的鱼……

严肃、认真、殚精竭虑，并且放眼世界，已经是当今中国新一代诗人们（我指的是不多的一些诗歌精英）共同的血液与骨髓。什么是我们应该做的，什么是我们没有做的，什么是我们应该谦卑地去努力学习的，就像一辆大街上奔驰的汽车一样，在瞳仁中一清二楚。中国传播手段的落后与局限，方块汉字的优点与缺陷，一整个时代情绪的低落与败坏，确实使得诗人们每个个体都成了一座块石累累的碉堡。自己把自己锁在自己建造起来的象牙塔中，这样的情形已经屡见不鲜。

我想，正是在这样的困境中，作为一个深切了解现代人类心灵的大诗人艾略特才会说出那句著名的"谦卑是无止境的"的话，因为他看到了互相了解的必要，因为这是互相欣赏的基础，乃至整个诗歌艺术提高的保证。

中国现代诗的现状，正如一个年轻人朝气蓬勃，充满力量的新鲜呼吸；正如一双盛满着月亮、星群、太阳和天空的明亮眼睛，他的茁壮成长的趋势，是任何障碍也难以阻挡的。在这样的情况下，作为一个中国的现代诗人，我更加感到了学习与感受将整个世界的文化融为一体的必要，以及站在中国这块大地上，作为一个中国的现代诗人肩负的为世界文化做出贡献的责任和担子。在中国，每一个真正意义上的先锋诗人，都像背负着沉重的十字架，自觉地将这些责任和担子扛在肩上，行进在本已艰苦的现实生活中……

正是这样一个道理，所以，在我的印象中，一个优秀的诗人必将是一个将自己全副身心都投入到一个创造的状态中去的人。可是，当我阅读到美国纽约出版的《一行》诗刊第七期的编后记时，不禁感到奇怪，在这里，我可以暂且不论将一首完整的诗歌单独拎出几句来进行评论是否科学和认真，就是"一首纯粹的诗在眉宇间挽着苹果出现"与"山坡朝大海张开他倾向唱歌的嘴巴"这两句诗是否真的"文字显得僵硬，缺乏语感"，或者"意象过于突凸和随便，丧失递进中的必要和联系"便成了一个问题。如果真是那样，那么1960年获诺贝尔文学奖的法国大诗人圣琼·佩斯的"与麦秆悄悄走入壮丽大河"，"在粉红色的软鞋内给我们一只鹌鸟"及"一群意象的公爵引导至死海"这样的精彩诗句，大概也可以得到诸如"文字僵硬，缺乏语感，意象过于突凸和随便"等等的评价了。

由此，我想到了我们许多人，作为一个诗人在创作思维上的困境和局限，以及叶维廉先生所举的那个寓言中的"模子"的作用和它的意义所揭示的道理。波兰诗人契斯拉佛·米沃什曾经说过，作为诗人，"他翱翔于空中。从那里俯视地球，俯视着底下的河川、湖泊、森林——也就是：一幅地图。他一方面是从远处看，一方面却又看得具体"（1980年诺贝尔文学奖答谢词）。

一个诗人，他先得飞起来，看见世界，才能得到对世界的印象和态度。而坐在桌前，对自己尚未认清的东西来了兴致便随口评论，岂不是真正的"突凸和随便"？诗歌是一种对人类精神的呈现和贡献，作为一个先锋诗人，我想，我们更应该做的，是学习、观察、奉献，再学习、再观察、再奉献，直至将死亡开放成生命中的最后一朵鲜花。通过我们的观察和奉献，把人类的精神提高到更纯粹的境界中去。

这是诗歌唯一的任务，也是作为诗人的唯一任务，而不应该把有限的精力花费到于我们的生命无益的工作中去。

（原刊于《一行》第八期）

冬夜畅谈

沈苇（诗人）：在我们这一代诗人中，晓明是出道较早的一位，早在 20 世纪 80 年代中期就写出了一批颇具影响力的作品。请问 90 年代诗歌与 80 年代诗歌的主要差异在哪里？你如何评价诗歌发展的现状？

梁晓明：80 年代青年诗人的雄心大志是相对于当时影响巨大的朦胧诗而树立的。他们在朦胧诗铺天盖地的繁复意象中既看到和体会到诗歌本身无穷的魅力，又看到朦胧诗这一代人的通病。这通病状有二，一是普遍的意象选择中相互之间的差别不是很大，而相同处却很多，这一点对于个人性、独立性极强的诗歌创作这门艺术是极其致命的。而相同处太多、独立鲜明性差别不大这一点在 80 年代诗人的诗歌创作观中是极其避讳的。

第二点，可能也是所有 80 年代青年诗人意识里最为重要的一点，就是朦胧诗的所有创作背景都有一个鲜明的内在指向，这指向是如此明显地在全国范围内获得了大量的共鸣，它几乎不需要多费一言便能令百分之九十九的诗歌读者所深刻领悟。当芒克用《路灯》作题，写出"整齐的光明/整齐的黑暗"这两行诗时，它所包含的内容在当时读者头脑中引出的思索与感慨甚至愤怒几乎不用一句解释。就是这些意象背后的指向成功地成就了那一代诗人的名声，但也恰恰是这一点令 80 年代的新诗人们由衷地感到不安：当我们紧紧抓住诗歌的本源意义时，我们不禁要这样沉思，如果说 50 年代到 70 年代初的诗歌是一种牺牲，它化身为服务于那个时代的一种工具并由此而丧失了诗歌的本来意义，或说是一种对诗歌的反动的话，那么，把所有的诗歌都用来反驳和批判那个时代，并且所有灵感与激情都用于此，是不是或会不会成为另一种对诗歌的异化？诗歌会不会由此而成为另一种工具？

基于这种深沉的忧虑与思考，我们的成长

更多是建立在追寻诗歌的本源意义，也即更多地表现在艺术上。当然，这里并不包含有人提出的"过去了，北岛"的说法，因为这是幼稚而不成熟的对诗歌的认识，一个真正的诗人是：看到，竭力包容与吸收，然后自成山峰。这里没有排斥，而是自成的创作与努力。整个80年代成长并成熟起来的诗人，那些优秀分子中我看到的都是这样的一种努力，至于让评论家眼花缭乱难以下手的语言派、白话口语派、超现实派、非非派、极端派、新古典派，以及什么八卦或宗教等等，均是采用的各自不同的创作方法。正所谓人不同，喜好不同，诗歌创作自会不同，丰富多彩恰恰说明诗歌走到了它自身的道路上。这是花了多少年，付出了多少代价而得来的，并且，这是刚刚才开始了几年的努力，在中国诗坛，它还非常脆弱，太需要珍惜。说到80年代与90年代的差异，我愿意说出两点：一是看到，竭力包容与吸收，然后自成山峰的一种更广阔的选择与努力；二是现实生活的成分与内容更多和更重要地进入了诗歌。如果说以前的诗歌有一种回避甚至鄙视生活的倾向的话，那么，现在的诗歌则更多地尊重生活并更多地直接与现实生活融会在一起。

朱又可（散文家、《新疆经济报》编辑）：
中国的社会转型会对诗人和诗歌产生什么样的
影响？

梁晓明：这首先使我想到西方社会的变化
与思想的转变。第二次世界大战以后，尼采的
"上帝死了"的著名论断在整个西方社会和思
想界得到了广泛的印证与反映。当人的生命在
强大的战争机器中如此孱弱和微不足道地被加
以摧毁和消灭时，那创造与保佑人类的上帝在
哪里？那支撑了西方社会多少个世纪的神圣宗
教似乎在一夜之间崩溃，人的希望在哪里？人
的幸福能够得到哪些保障？当多少美国的热血
青年在巴黎的咖啡馆里为聆听到萨特的存在理
论而欣喜万分，以为又找到了人生坐标的时
候，有没有想过，人性中的恶又一次以新的面
貌得到了鼓励?! 俯瞰大地与苍生，哪是人生
的出路与天堂？没有。大地是一片荒芜与废
墟，于是，艾略特出现了，《荒原》出现了，
怎么会读不懂？一种新的诗歌出现了，它不得
不出现，它既然出现了又怎么可能和从前的一
样？正如叶芝写下的著名诗句："一种可怕的
美已经诞生。"现代诗就这样在一种社会的转

型中，不可遏止地成长起来。而从 20 世纪 40 年代到 90 年代，从工业文明到后工业时代、信息时代，西方的诗人在干什么？西方的诗歌创作又怎么样呢？我记得几年前，旅居美国的诗人严力有一次来杭州时聊起，现在的美国诗坛没有中心，纽约有纽约诗派，曼哈顿有曼哈顿诗派。当我读到有些文章说阿胥伯利的诗歌在美国诗界的影响越来越大，而追根究底，他的贡献在于诗歌的语言，我又想到当从庞德开始，直到罗勃特·勃莱都对中国古诗一往情深，并认为那是另一种文化源头的时候，他们对时代是如何交代的？他们的头脑中想的是什么？一种对语言创新越来越痴迷醉心的势头有广阔开来的趋势，一种个人对诗的语言负责的态度也越来越普遍的时候，我又开始担心和不安：诗人作为人存在于这个世界上的意义与目的，他的痛苦、不得不受的忍耐和欢乐，对幸福难以消灭的期望又在哪里？

回到问题上来，中国社会的转型会对诗人和诗歌产生什么样的影响？我想说的是，优秀的诗人会把自己的脉搏与他所身处的这个时代的脉搏最紧密地贴在一起。并且他会越来越使自己更加深厚、开阔地走下去。对于社会、时代和不同的心态和思想，有两个方向：一是歌德说的，我觉得非常有价值，即"历史地看待现实"；二是看到，竭力包容与吸收，然后自成山峰！

黄易（散文家、《新疆都市生活报》总编）：风景在诗中重要吗？你如何认识地域性？奇异的风土人情和文化景观能不能构成一种文学上的优势？

梁晓明：很重要。但可悲的是，我们的风景大都已被"开发"，世俗化了。我现在居住生活在杭州，杭州的西湖天下闻名，但作为诗歌写作者我从心底里厌憎西湖。她妩媚秀丽，她的青山绿水、瓦亭石阶，我可以欣赏苏东坡的"水光潋滟晴方好/山色空蒙雨亦奇"；我也可以欣赏林逋的"疏影横斜月黄昏"，但我却不能忍受自己写出这样内容的诗歌。西湖边有一座非常有名的岳王庙，我至多写出这样的句子："空下来的时候/我去看看岳飞/想想岳飞/用手指叩叩低着头的秦桧"。而这几句也早被我撕掉了。早在1986年，上海的诗人王寅在来信中就曾问起，你在杭州，怎么不见西湖的风光在你的诗中出现？为什么？我也在问，我想起昌耀，大西北的风光是否成就了他？若他居住在杭州，会怎样？但另一面，我又想起聂鲁达，当马楚·比楚高峰矗立在他面前时，当他写下"美洲的爱/和我一起攀登/每一块石头都溅出回声"时，我们能说，你聂鲁达又不生活在马楚·比楚山峰下？我们能这样说吗？我们只能和聂鲁达一起攀登，一起感受，一起叩问和追索，一同经历死亡和最后的歌唱。

应该说，奇异的风土人情和文化景观能够构成文学上的优势，像埃利蒂斯、塞弗里斯、杰弗斯和沃尔科特，还可以包括川端康成、马尔克斯和印度的泰戈尔等。但重要的还是诗人的个性、学识修养和气质。也就是：这一位诗人是如何面对这些风土人情和文化景观的。

向阳（新疆维吾尔自治区文联文研所）：我正在写作《从〈诗经〉到〈围城〉》一书，我觉得中国文学传统比较强调一个"情"字，你是如何认识和处理诗歌中的"情"的？

梁晓明：情景交融、诗情画意从来都是中国人血液里对诗歌的一种认知态度。当眼前出现一片奇异的美妙风光时，十三亿中国人里面大约会有十二亿九千万人会情不自禁地称赞："呵，真有诗意。"而当代正在写作着的真正优秀的诗人们却反而会诧异不已，他们会感到这片风光远远不够表述他们内心的诗意，诗人心中的诗意与风光中的诗意各有所指，它们远不是一回事。那么，是哪儿出了问题？

我知道向阳提出的"情"更多是一种对男女情爱的专指，但在我看来，情有多种，有对人生的领悟，对理想的憧憬，对梦想成真的激情，也有兔死狐悲、功败垂成、历史消亡的哀情。当诸葛亮病死五丈原，屈原溺死汨罗江，宋江被毒酒药死……我们看着忠义堂旁吴用吊死后晃荡的身体，那种连感慨都被梗死在肚肠里而上升不起来时，我觉得这些比男女感情、美丽而肤浅的风景有更多的诗意。

有这样一种说法：在美国，当社会生活涌现出一种新思潮，出现一种新的认知、新的哲学观时，往往就会有一种新的诗歌出现。我愿意这样理解：思想在现代诗歌中的比重正在增加，它甚至有取代"情"字而成为现代诗歌中的主角的趋势。而在中国，早在 80 年代初期的诗歌写作和理论中就有"情、景、理"之说了。

郭不（画家）：请谈谈诗歌与绘画的关系——诗歌向绘画或者绘画向诗歌可以学习什么？

梁晓明：美国诗人罗勃特·勃莱曾经说过一句话："我希望诗歌像舞蹈。"我非常喜欢这句话，我曾经想象和努力地去做到：诗歌就像舞蹈演员踮起的足尖，那足尖点在舞台上的一连串舞步便是诗歌，你由一个舞点不能彻底完全地领悟诗歌，因为它仅是一部分，你必须看完整个舞蹈，甚至整个舞蹈看完了，你还是不能完全理解。因为它并没有告诉你什么。注意：它只是引领你，暗示你，启悟你。你看完后，心中思绪起伏，却难以一言以蔽之。成了，它就是诗。绘画也恰恰如此，当我在1985年底看到达利的《内战的预感》、霍安·米罗的《一滴露珠惊醒了蛛网下睡眠的罗萨莉》及《小丑狂欢节》时，我全身都被震动了；当我看到肢体也有它自己的语言，而小虫子、凳子、椅子、灯管、手风琴、铲刀，所有的动植物，甚至各种器具都竭力地扭动起自己的身体、在竭尽欢乐地舞蹈时，我当时就想到，这就是我的诗。在这种理念的支撑引发下，我从1985年一直写到了1988年才终于写完，像《歌唱米罗》《读完圣琼·佩斯壁灯点燃窗前沉思》《荡荡荡荡我躺在蓝天大床上》《给加拿大的一封信》等一系列被以后许多所谓后现代主义诗歌选本所选用和许多研究后现代主义的理论所引用和论证的作品。当然，到 1990 年时，我又把它们给彻底地扔了，很多朋友都知道，这以后，我又全身心地进入到《开篇》的写作中去了。而在《开篇》中，那阶段作品的痕迹我自认是不可能看到的。因为，它完全又是在另外的一个世界中展开了。

所以，我不知道绘画可以向诗歌学习什么，我只知道历朝历代、古今中外，如风景对于中国古诗，塞尚、罗丹对于里尔克等，诗歌倒真的可以向绘画学习很多东西。

（原载《新疆经济报》）

附

录

那些裂开的缝隙表示他的生活……

汪剑钊

在中国现代诗的推进上，梁晓明在 20 世纪 80 年代中期已抵达了相当的高度，但他的成就不仅没有因时间的前行被清醒地认识，在 90 年代以后得到"更上一层楼"的标举与发扬，而且因理论"权威"们的傲慢和无知被有意无意地忽视和遮蔽了，导致不少滥竽充数者以"劣币驱逐良币"之势窃据了显赫的名声，进而对年轻一代产生了极为糟糕的负面影响。这固然是诗歌评论家与研究者的失职，对一名杰出诗人所作的贡献表现出的不公，更是中国现代诗艺术流变的一种内部损失。

一

　　记得最初读到《瞎子阿炳》一诗时，我就叹服于该诗自然的语言节奏中所展露的超常想象力：

　　　　当黑夜像锅盖从天上盖下来的时候
　　　　人们都熄灯了
　　　　只有阿炳的泪水从脸上流下来
　　　　像一个个
　　　　无家可归的流浪孩子
　　　　在阿炳的嘴边颤抖
　　　　在中国的梦外徘徊

　　在我看来，把黑夜比作一个锅盖，无疑有相当的艺术效果，不过，在新颖度上似乎尚未触动心灵最敏感的那根细弦。但承接下句而来的"泪水"之滚落，却令我眼前陡然一亮，那"像一个个 / 无家可归的流浪孩子"的诗句有着近乎神赐的贴切，不仅给人以出人意料的冲击和震撼，更在忧伤的情调里添加了一部分凄苦的质料，随后，两句"在阿炳的嘴边颤抖 / 在中国的梦外徘徊"也衔接得十分自然，恰切地写出了阿炳那种"边缘人"的处境。

从《二泉映月》这首诗中，我们得知，梁晓明对阿炳的印象来源于他的父亲所讲的故事。相比知识教育，这种以音乐的方式对孩子进行熏陶是极为重要的，它的落脚点是情感，借助美的途径介入了人格的诗性塑造。梁晓明认为："诗歌的完成必须向着自己的内心深处。它像是一种引领，一列火车，它带着你观赏，它目的性不明确，它只是倾诉与说话。你听到了这种倾诉，你为这种说话所吸引，你走入了话语的内容之中，不知不觉地，你会发现，其实你已经加入了说话的行列，你并且可能已经在开始向它说话，通过它又向着自己的生命说话。就这样，一首诗，才真正地完成了。"在《瞎子阿炳》和《二泉映月》中，诗人既是说话者，又是倾听者，在语言的铺陈中把读者带进了对话之中。

这两首诗都写于1985年。当时，朦胧诗在遭受到诗坛保守势力的粗暴讨伐后，稍稍站稳脚跟。一时间，以高扬自我，运用意象、暗示、象征、比喻等艺术手段的写作模式，在年轻诗人和诗歌爱好者中间赢得了较多的喝彩声，效仿者众多，几有洛阳纸贵的态势。但朦胧诗过多依赖情感，过多沉溺于意象、象征的表达方式，加上纯粹夜莺玫瑰式的吟唱语调，为虚假的浪漫主义留下了较多的缝隙，也引起了一批敏感的年轻人的逆反心理，这其中就包括了本文的论述对象——梁晓明。有意思的是，当人们还在为诗歌的懂与不懂的问题争论不休的时候，梁晓明的写作已大跨度地走到艺术的核心，赶上了世界诗歌大师的步伐，与他们共同走向现代诗的未来。

在一次私人性的交谈中，梁晓明告诉我，对他的创作影响最大的是两个外国诗人，其一是惠特曼，其二是聂鲁达。前者是美国现代诗歌的开山者，他磅礴、自信，才气毕现如火山爆发的诗句几乎成了美国精神的象征。可以说，惠特曼翻山越岭来到中国，像一名诗歌领域的"白求恩"，为诗人灌注了一种昂扬、奋发、自由创造的雄心。后者来自拉丁美洲，他一系列的创作实验体现了语言创造蓬勃的活力。从传记中，我们还知道，聂鲁达超逸的想象力更有生活传奇的支撑。这位以西班牙语写作的智利诗人具有超强的主观化抟转能力，他善于把内心的强力赋予平凡的客观事物并使其神奇化，极其擅长"变粪土为黄金"的语言魔术。这对年轻的中国诗人简直起到了醍醐灌顶的作用，它在梁晓明组诗《歌唱米罗》中有着淋漓尽致的发挥：

我看见米罗跳出我的眼睛，他向往墙壁
那些裂开的缝隙表示他的生活……

米罗是与毕加索、达利齐名的西班牙超现实主义画家，他的作品有如天马行空，逍遥自在，无拘无束，其汪洋恣肆的想象力能够让生活中的任一事物汇聚在自己的笔底，或在安谧的氛围里展示野性，或在狂放的想象中捕捉宁静，或在复杂的拼贴中提炼抽象的简洁。正是对米罗的理解与同情（在写下"同情"二字时，我不由得斟酌了一下，最后还是落笔写下了它们，因为它们并非是居高临下的怜悯，而是内心深处的认同，类似一种心灵的拥抱）促使梁晓明写下这样的诗句：

整整四十年，只有他的画具知道他的家
他的色彩安慰他的手，他植物的梦想

只能在墙壁上伸枝长叶，整整四十年

只能在后院里制造番茄

二

据我所知，日常生活中的梁晓明多少有些懒散，几乎没有什么功利性的生活规划与筹谋。可是，透过这种懒散的表象，我却从他的诗中读到了精神的勤奋，一种活跃的智力活动。正是这种积极的活动，使他极有分寸地把握了自己的天赋，对西方超现实主义的写作进行了本土化的移植，以此对接了唐诗宋词的风韵。这里，我想借用一下后现代主义理论的术语，将梁晓明的写作定义为"后超现实主义"的风格。这种风格吸收超现实主义的有益成分，将之推陈出新，在它的非理性层次上进行了智慧的提炼，使作品介乎理性和非理性之间，在"明修"表面纷乱的"栈道"中"暗度"目标清晰的"陈仓"，表象是无序的，内质却有着紧密的联系。

不过，梁晓明的后超现实主义写作绝非纯形式主义的游戏，而是有着深刻的现实诉求。80 年代的中国，政治环境有所松动，国人多少摆脱了一些以往的压抑心态，开始张扬自我，肯定个人价值、个体存在的权利。诗歌作为时代的产物，也对个人、自我给予了较多的关注。与此同时，弊端也随之出现，人与人之间的隔阂也因着国家的现代化进程而扩大了，浪漫主义、理想主义的旗帜被方向不明的狂风吹刮而缩成了一小团皱巴巴的破布。《各人》便出现在这样的背景下，这首诗被谢冕先生看作"中国诗歌开始'由热情向着冷静，由纷乱向着理性的诗的自我调查'的分水岭"，它以冷静的语调叙述城市化社会中人际关系的冷漠。诗中不断出现的"各"字，是形式与内容之间不可分割的范例。该字发音上的"格涩"，在声带上引发的不舒适感仿佛是一种特殊的障碍，增强了城市中人与人之间的不信任和冷漠："各披各人的雨衣 / 如果下雨 / 我们各自逃走。"亲情、友情这些生命的润滑成分仿佛被彬彬有礼的功利性算计抽得一干二净，只剩下高雅的外壳——保持着五官四肢的空洞身躯。

生活改变了自身简单的轨道，它也同样改变了轨道上行驶的车马。如上所述，年轻一代的诗人已经不再满足于朦胧诗较平直的书写方式，认为这是一种低智力、创造性不足的写作。正是在这样的背景下，梁晓明的写作选择了更具挑战性的非逻辑铺排，它挑战自身对现代汉语的把握能力，拒绝平庸的阅读，对读者的感和悟的能力有着较高的要求。他在写作中经常致力于越出常规的词语衔接，以此挑战读者的阅读习惯和智力底线。在《自从文字来到我手上》中，诗人皱起眉头设问：

自从文字来到手上
我有过什么乐趣？
在天空寻找太阳的消息
好像一只燕子的尾巴
我带着春天和下雨的眼睛
来到世界上
有过什么乐趣？

这样的诘问不免带有孩童式的天真，追问着似乎无须追问的问题，没有答案的问题，但其中更蕴含了诗人在经历人情世故后成熟的疑虑，实际是一则有关存在的重大命题，这种重要性涉及生命的细节。需要注意的是诗中写下的是"昨天"，它不是今天，更不是明天，意味的是"消逝""过去""不再",此处将它与令人憧憬的"爱情"缀连在一起无疑令人感到沮丧。

所幸的是,现实中的某些令人沮丧的现象和个人情感的失意并没有摧毁梁晓明对生活的信心,诗的存在一直帮助他坚持着对爱和美的歌唱。《林中读书的少女》是一首唯美主义色彩颇浓的作品。抒情对象是正值豆蔻年华的少女,"树林""少女"是世界上最具诗意的存在,树林以茂密、幽深而在隐现之间挥发神秘的气息,少女则在时间最娇弱的链点上凸显美的脆弱与诱惑。诗人极具匠心地以"读书"将两者联系了起来,歌颂了青春的骄傲与美好:

> 纯。而且美
> 而且知道有人看她
> 而更加骄傲地挺起小小的胸脯
> 让我在路边觉得好笑、可爱,这少女的情态
> 比少女本身更加迷人

这里,"比少女本身更加迷人"是一个生花的妙句。"纯洁",这个词就像一道阳光,照

耀着我们的诗人，也温暖着读者在暗夜里等待奇迹的心灵。

梁晓明无疑是一位天才的诗人，但他不曾滥用自己的这种天赋。他清楚写作的难度，这种难度与"生活的海洋"密切相关。"缓慢"造成了他20世纪90年代诗歌的转向以及21世纪的"低产"，报答这种"低产"的是此后作品的厚重与丰富。《开篇》便是这样的一组作品。人是大地上的存在之诗，这是海德格尔的看法，也是梁晓明笃信的理念。在这组名为《开篇》诗的开篇，我们听到了一位漂泊者充满真诚的疑惑：

> 我在为谁说话？时间在唤谁回家？
> 来到手边的酒浆是谁的生命？
> 鸟往空中飞，谁把好日子寄托在空中
> 将眼睛盯死在发光的门楣上？

诗人借用树木、石头、风与火、钟表、金杯、风暴、城堡等上帝创造的词与物，吟唱历尽沧桑的苦难、水与光。无疑，诗人善于从"黑夜中取出黄金"，那是一种精神的黄金，是自由飞翔的曙光。正是在这种信念的驱动下，诗人祈望自己的"精神在风中坚定，在歌中胜利"，"在广大的荒漠中找到水分"，让自己浴满光辉，"脆弱的双脚抬头升起来"，得到一把开启世界的"钥匙"以自如地进出。

三

《敬献》是一组献给父亲的挽歌，其中"每一个词的出现都是一段生命的呈现"。令人感叹的是，几乎每个男人都是在自己做了父亲以后才开始真正理解自己的父亲。梁晓明大概也不例外。在这组诗中，诗人以"感慨、气愤"，又"充满敬意"的口吻追忆了父亲"一生的错误、固执、豪爽、天真、愚蠢、大笑、浪漫、迂腐与受尽挫折却始终怀抱一份莫名其妙的理想主义的感情"，其中流露的血浓于水的亲情和对世界的思考与迷惑弥漫在每一个浸渍了泪水的汉字里：

> 有一种悲哀我已经离开
> 我的泪水忘记了纪念
> 我坐在宁静的空白当中
> 我好像是一枝秋后的芦苇
> 头顶开满了轻柔的白花

我和空白相亲相爱

等待冬天到来

"相亲相爱"与"空白"的神秘组合如同生命中最后的叹息，叹息里掺和着痛彻心扉而无以言表的哀伤。于是，我们情不自禁地会跟随作者去追问：这种近乎绝望的等待迎来的将是什么样的灯盏呢？它的形式有什么特异的地方？血脉里的亲近在飘离中将以何种方式呈现？最终的答案是残酷的，但仍然保留着绝望深处的希望。虽然"恍惚"，虽然"走远"，那两只眼睛是"睁开"的。这是生命的长明灯，是肉体消亡后也不会熄灭的精神之灯。

死亡的细胞无所不在，它植根于人老去的每一瞬间。历史的轮子不知不觉地滚到了21世纪。风华少年梁晓明也正如但丁所说，进入到了人生的中途。有幸的是，诗人并没有丧失创作诗歌的激情，而是将这份激情更内敛化，表现得更沉郁了。诚然，人到中年，句号已经画了半个圆甚至大半个，接下来的半个或小半个应该如何规划？这是一个值得思考的问题，也是多思的诗人必须面对的问题。考虑到前半生的圆多少有点懵懂，这后半生的圆也不时地在计划、观望之中。生活尽管时有极端，但犹豫、徘徊、茫然却是人生的常态。饱经沧桑，诗人渴望抱持"中立"的姿态，以避免出现那种失衡的人际关系："厅堂中立。秋风中中立。竹林瑟瑟在山中中立。"由物的中立姿态，联想到人的不偏不倚，诗人发现，其间的困难几乎是无法克服的：

> 谁能中立写完一生的诗章？
>
> 我不行，悒悒向西
>
> 更多人走得更加混沌……
>
> （《中立》）

在现实生活中，中立是一种理想，它来自人们对"极端"的恐惧，甚至表现在对拉偏架的厌恶。生活的态度与生活的经历、生活的体验有关，它随后也将决定生活的方向和生活的归宿。每个人都有态度，这是平淡的表述，但伴随"掉毛""下降"，"态度"一词由平淡急转弯飞进了生命重大的思考。不表态，是不是就没态度了？难道就可以据此认为是拥有了幸福，从此高枕无忧。诗人沮丧地告诉我们，不是的。不表态也是一种态度，其中更可能掩饰了深层的痛苦，平静的水面下实际滚动着巨大的漩涡：

> 你白白地走在大地上，白白走完一生
> 也可以笑一笑
> 需要态度？

梁晓明性格的豪放与为人的仗义是朋友圈里公认的，这些特征多半留给人们乐观、快乐的印象，甚至让许多北方诗友惊诧于他典型的南方才子面貌下的坚毅和大气。不过，上述性格特征并不意味着诗人缺少敏感的气质。熟悉他的朋友非常清楚，他的忧伤可说是与生俱来的，而正是这种伤感，令他在常人的感受之外写出了一种特殊的悲凉：

> 节日如鸟，纷纷散了，如烟缕离树、
> 杨花点点
> 非行人泪、是一个季节过去
> 几艘偏栖的小舟
> 无人划

生活中偶然发生的某些变故就像一场洪水，漫过之后，原本躲藏在角落里的一些垃圾和渣滓都被冲出来曝光了。它们碎裂成时间的玻璃碴儿，然后，混合着酸甜苦辣咸涩，一股脑儿泼进了体验的万花筒。随后，如花如烟，在岁月的枝头或光阴的焚尸炉里飘散，忽隐忽现，忽近忽远……我一边诵读《节日如鸟》的诗句，一边想到了里尔克的名言："有何胜利可言，挺住意味着一切！"是啊，作为中国诗歌的书写者，我们需要挺住，而在我们挺住的每一刻，能够随身携带的只有孤独——诗歌的孤独，以及由孤独神秘地滋生的友谊，那对创造之天才由衷的赞美。

图书在版编目(CIP)数据

印迹:梁晓明组诗与长诗 / 梁晓明著. —杭州:浙江文艺出版社,2018.1

ISBN 978-7-5339-5107-8

Ⅰ. ①印… Ⅱ. ①梁… Ⅲ. ①诗集—中国—当代 Ⅳ. ①I227

中国版本图书馆 CIP 数据核字(2017)第 291255 号

责任编辑　项　宁
装帧设计　水　墨
责任校对　许红梅
责任印制　朱毅平

印　迹
——梁晓明组诗与长诗

梁晓明　著

出版发行　浙江文艺出版社
地　　址　杭州市体育场路347号　邮编 310006
网　　址　www.zjwycbs.cn
经　　销　浙江省新华书店集团有限公司
印　　刷　杭州佳园彩色印刷有限公司
开　　本　889 毫米×1194 毫米　1/32
字　　数　138 千字
印　　张　6.875
插　　页　5
印　　数　1-4000
版　　次　2018年1月第1版　2018年1月第1次印刷
书　　号　ISBN 978-7-5339-5107-8
定　　价　42.00 元